Adolf Wilbrandt

König Teja

Trauerspiel in fünf Aufzügen

Adolf Wilbrandt

König Teja
Trauerspiel in fünf Aufzügen

ISBN/EAN: 9783743398948

Hergestellt in Europa, USA, Kanada, Australien, Japan

Cover: Foto ©Andreas Hilbeck / pixelio.de

Adolf Wilbrandt

König Teja

König Teja.

Trauerspiel in fünf Aufzügen

von

Adolf Wilbrandt.

Bühnen-Manuskript.

Berlin.
Gedruckt bei Julius Sittenfeld.
1899.

Personen.

Totila, König der Ostgothen in Italien.
Mathasuntha, seine Schwester.
Teja, ostgothischer Feldherr.
Odulf, dessen Vertrauter.
Asbad,
Hunimund,
Hilderich, } Ostgothen.
Filimer,
Eutharich,
Glauke, eine junge Griechin.
Amalafrida, ein ostgothisches Weib.
Damianus, ein Römer.
Narses, Feldherr des oströmischen Reichs.
Johannes,
Stephanos, } Oberste in Narses' Heer.
Palladius,

Krieger, Knaben, Volk.

Die Handlung spielt um die Mitte des sechsten Jahrhunderts unsrer Zeitrechnung.

Erster Aufzug.

Italien. Gegend nördlich von Rom, am Tiber. Im Vordergrund einige Zelte des Gothenlagers, dessen Hauptmasse rechts*) angenommen ist; links ist der Fluß gedacht, den man im Hintergrund (auf dem Prospekt) vor halb waldigen Höhenzügen durch einsames Thal ziehen sieht.

Asbad, einer der Hauptleute des Gothenheeres, kommt von rechts mit einigen **Unterführern** und **Kriegern**, darunter **Filimer** und **Eutharich**. Im Verlauf ihrer Unterredung treten nach und nach andre **Gothen** dazu, aus den sichtbaren Zelten und auch von rechts.

Eutharich.

Aber warum gehn wir denn bis an den Fluß, wo das Lager aufhört? Sollen wir schmutziges Tiberwasser saufen?

Asbad.

Auf dem großen Platz vor dem Königszelt, da wächst kein freies Manneswort; nur der Schwindelhafer. Da mag ich nicht den Mund aufthun! Auf einmal steht der „sonnige" Totila da, mit seinem überlegenen Königslächeln; oder der große Durchgänger, der Teja, mit dem Feldherrngesicht. — Landsleute, Waffengenossen! Bitte, sag' mir einer von euch, ich versteh's wohl nicht: wie lange wollen wir noch dieses Leben führen? Wie ziehn wir herum? Sind wir Landstreicher, Straßenräuber, oder sind wir noch das sogenannte Volk der Gothen, denen Italien gehörte?

Filimer.

Es kann einem schon übel werden, wenn man denkt, wie's steht.

---

* Rechts und links vom Zuschauer aus.

Eutharich.

So lang' ich noch diese guten italischen Weine trink',
hab' ich das Gefühl, daß Italien mir gehört.

Filimer.

Ja, du Weinschlauch!

Eutharich.

Du Milchsäufer! Du Wassersieb! — Wenn du griechisch
könnt'st, guter Filimer, so kenntest du wohl auch den alten
Vers, den du aber nicht verstehen würdest:
Bringe mir den Becher, Knabe;
Denn viel besser ist's, ich liege
Schwerbetrunken als gestorben!
(Einige lachen.)

Asbad.

Sei einmal ernst, Eutharich, wie diese verhunzte,
verpfuschte Zeit. Ja, am Tiberfluß sind wir; aber nicht
da, wo er hingeht, in Rom! Rom! Wir hatten Rom!
Wir konnten drin bleiben oder wir konnten es gründlich
zerstören; eins von beiden, gut! Aber was thut der
„sonnige" Totila? Zuerst fängt er an, in einem plötzlichen
Grimmkrampf, es dem Erdboden gleich zu machen, „zur
Viehweide", wie er in seiner Heldensprache sagt. Darauf
schreibt ihm der große Belisar — unser Feind! unser
Feind! versteht ihr —: „thu's nicht, edler König; es
würde dich einst gereuen"; und der edle Totila? Wie
wenn das delphische Orakel gesprochen hätte oder der
heilige Arius, läßt er die Mauern und Häuser von Rom
wieder stehn, so viele als noch da sind; und dann — —
Ja, was dann? Baut er's nun wieder auf? Macht er's
wieder zum Herrschersitz? — Nein: abziehn thut er!
Schickt die römischen Bürger mit Weibern und Kindern
und Katzen fort, sodaß in Rom nur noch die Mäuse pfeifen,
und zieht selber ab! Und zieht selber ab! — Wer's nicht
mit erlebt hat, der glaubt's nicht; und wer's glaubt, der
denkt doch noch in irgend einer Schädel=Ecke: es ist doch
unmöglich!

Filimer (griesgrämlich).

Daß wir nicht mehr in Rom sind, das weiß ich.

Asbad.

Und daß Belisar drin ist, das weiß ich auch! — Ja, das ist ein Mann. Unter dem möcht' man dienen! Da wär's noch die Plage werth! — Sowie wir fort sind, marschirt er hin; — ein mordsgewaltiges Stück! Alle Thore sind weg, fast ein Drittel der Mauern weg; aber er läßt die Steine wieder aufeinanderhäufen, daß nur doch was daliegt, und Schanzpfähle davor, und wo die Thore fehlen, da stellt er lebendige Leute hin, seine tapfersten; und nun stürm', Totila! nun brich dir an Belisars Rom die Zähne aus! — Ihr habt's ja erlebt. Dreimal gestürmt, Tausende verloren; umsonst. Belisar hat Rom und behält's. Ein Wundermann! Ein Feldherr! König Totila führt uns wie 'ne Hammelheerde im Land herum. Ein — — ich mag's nicht sagen. Sagt ihr euch selbst, was der ist!

Eutharich.

Nun ja, von der Seite. — Schaut man's aber von der andern an, so ist Totila — — ich wollt', wir hätten viele wie er!

Asbad.

Gott und Herr! Wir brauchen keinen zweiten. Er ganz allein verliert ganz Italien!

Eutharich.

Hei, das wär' des Teufels! Wo finden wir solche Weine wie hier?

Asbad.

Stammesgenossen! Gothische Männer! Es kann so nicht fortgehn! Sonst hat Belisars letzter Troßknecht mehr Ehre als wir! — Seit des großen Theoderich Tod geht uns alles schief. Ich sag' nicht, daß Theoderich alles grade machte; er hatte seine haarigen Fehler, ich könnt' sie euch sonnenklar machen; aber da war's doch noch ein

Gothenreich. Am Kaiserhof in Byzanz kriegten sie eine Gänsehaut, wenn sie von ihm sprachen. Seitdem — was ist aus uns geworden? Was haben wir für Könige? Bald liegen sie auf dem Bauch vor dem Byzantiner, bald reizen sie ihn durch wahnwitzigen Frechmuth zum Vernichtungs= krieg; wer vernichtet wird, das sind wir, die Handvoll. Können sie Kriege führen, unsre Könige? Verstehn sie die Kriegskunst? Wissen sie ihre Feldherrn zu wählen? Wissen sie mit Römern und Griechen richtig umzugehn? Und wie gehn sie mit uns um? Wo ist die alte gothische Art? Wo ist die alte Volksfreiheit?

Eutharich (lächelnd).
Mir deucht, du redest doch frei genug.

Asbad.
Die andern Mäuler sind alle still. Ich allein sag', wie's ist. Ich sag' euch, ihr Männer: jeden Tag eine Dummheit! das ist unser Königthum. Wenn die letzte Dummheit gemacht ist, stirbt der letzte Gothe. Ich mein', besser wär's, wir warten nicht so lange: wir gehn lieber gleich aus der Welt — oder zum Belisar — oder wo sich sonst leben läßt!

(Teja kommt mit Odulf und Hunimund von rechts; tritt rasch, etwas erregt, in den Kreis.)

Teja.
Ich hör' schon eine Weile deine Weisheit,
Du Allesbesserwisser, großer Asbad.
Mir thut nur Leid, daß du die Hörer
In diesen Tiberwinkel führst;
Der König sitzt in seinem Zelt
Und hört kein Wort. Da kein Geschöpf auf Erden
Ihn so belehren kann wie du,
Sollt'st du ihm offen vor das Antlitz treten.

Asbad.
Du mußt mir schon verstatten, großer Teja,

Daß ich dies thu' und halte, wie ich will.
Zur Zeit der Schlacht gehorch' ich dir, dem Feldherrn,
Als Hauptmann, da des Königs Weisheit
Dir mehr vertraut und mehr verleiht als mir;
Hier fühl' ich mich als freier Gothe
Und suche meinen Volksgenossen,
Die alle mir wie Brüder sind,
Die Zeit einmal zu zeigen, wie sie ist!

(Beifällige Bewegung in der Menge, die sich fort und fort vermehrt,
Rasseln mit den Waffen.)

Teja.

Ihr stimmt ihm zu. Das ist nun Gothenart.
Der König ist im Unglück, also ist er
Im Unrecht! und wer schilt, hat Recht.
Wer rief denn all die Jahre — neun schon oder zehn — :
Heil unserm Retter Totila!?
Wer jauchzte, daß uns Gott erleuchtete,
Den Totila zum König zu erwählen,
Den sonnigen Helden unsrer Jammerzeit?
Wie stand's an seinem ersten Tag?
Fünftausend Männer — von zweihunderttausend
Noch diese fünf! — das war das Heer der Gothen.
Mit diesen fünf gewann er seinen ersten Sieg;
Entriß dem übermächt'gen Byzantiner
Festung auf Festung, Land auf Land,
Bis er am Südmeer stand und rufen konnte:
Ich hab' Italien wieder! — Hat euch Asbad
Das alles heute nicht erzählt? (Einige verneinen.)
So thu' denn ich's für ihn! — Warum ergab sich
Das Römervolk dem Totila?
Warum gefiel es den Gefang'nen bald,
In seinem Gothenheer für ihn zu fechten?
Warum? Weil aus der Sonne Totila
Drei goldne Strahlen gingen: Milde,
Großmuth, dazu Gerechtigkeit!
Ich sag' es nur, weil Asbad es nicht sagte;
Sonst ist's ja weltbekannt; auch bei den Spatzen!

Hunimund (alt, hager, noch fest).
Sag's ihnen tüchtig, Teja. Gut, gut, gut!

Asbad.
Was auch die Spatzen wissen, braucht' ich nicht
Den Gothen zu erzählen.

Teja.
    's thut doch Noth:
Wie Spatzenhirne, so vergessen
Auch Gothenhirne leicht und rasch,
Was ihre Helden ihnen Gutes thaten!
Dafür entsendet jemand — Gott ist's nicht;
So wird's der Teufel sein — von Zeit zu Zeit
Den Mann des Krittelns und Begeiferns,
Wie zähen Schleim, der alles überkriecht!
Den wunderweisen Mann, der nur aus Gutheit —
Ein seelenguter Mann! — in jede Wunde
Der Zeit sein Giftlein spritzt, an jeder Großthat
Mit seiner Scheere klappert, jeden Fehler
Wie Harz ins Lange zieht, in jeden Trübsinn
Mit vollen Backen bläst, bis sich die Seelen
Vor Elend krümmen. So 'nen Mann,
Der seine Leute knetet, bis
Sie in der Mittagssonne Flecken sehn;
Dann hebt er die Versucherstimme:
Ihr Männer, es wird Nacht, kommt, gehn wir schlafen,
Oder zum Belisar!

Asbad (sich entrüstend).
   Du meinst,
Ich werbe für den Feind? Das ist —

Teja.
Das ist dein eigen Wort. Ich hört' dich's sagen:
„Oder zum Belisar!" — Doch nehm' ich's nicht so schwer.
Denn die drei Worte sollten wohl nur sagen:
„Weg mit dem Totila!" Der ist verdammt,

Weil er nicht Asbad ist. Wär' Asbad König,
Und wär' er doppelt, würd' der andre Asbad
Den König Asbad richten und verwerfen.
(Gelächter.)
Das sind die Allbekrittler, Allbegeifrer;
Der Jemand schuf sie so. Gott war es nicht.
Das sind die besten Feinde ihres Volks;
Obwohl sie Blau und Schwarz im Aug' verdrehn,
Wenn man sie so verklagt! Seht hin:
Wie edel sich der Mann empört.
Schaut ihn euch an! So sieht er aus,
Der alles besser weiß und besser könnte!

Hunimund.
Gut, Feldherr! Nur so zu! Gieb's ihnen tüchtig!

Teja (leise zu Odulf).
Geh, sag dem König, wie's hier steht.

Odulf (nach rechts hinausblickend, leise).
Er kommt.
(Rechts ab.)

Asbad (in schwer verhehltem Grimm und Haß).
Dem witzigen Teja macht es Freude,
Ein kleines Schauspiel aufzuführen,
Worin er seine lustigen Künste zeigt.
Mit dieser Art von Waffen fecht' ich nicht.
Ich sag' dir nur, Mitkönig Teja —

Teja.
Mitkönig?

Asbad.
Oder Nebenkönig.

Teja.
Was heißt das? Nebenkönig?

Asbad.

Nun,
Wir sehn und hören ja, wie du regierst.
Der große Totila hat einen Größern
An seiner Seite; einen Vormund,
Einbläser, Führer, Lenker — was du willst!
(Teja lacht.)

Hunimund (zu Asbad, empört).
Du unverschämter Hetzer! — Feldherr! Läßt du
Den Mann so reden?

Teja.
Laß ihn, Hunimund.
Das sind so seine Späße. Hätt'st du ihn
Doch ruhig weiterschwatzen lassen:
Er hätt' sein Herz noch bis zum Grund verrathen!
(Totila kommt von rechts, mit Mathasuntha, Odulf und Hilderich;
andere Gothen folgen nach und nach, sodaß die Bühne sich füllt.)

Eutharich (halblaut).
Der König!

Totila.
Hier wird arg gescholten, hör' ich;
Mir gilt's und unserm Mißgeschick.
Das ist ja das Gefolge jedes Unglücks:
Streitreden, Schelten und Beschuldigen.
Da wird der letzte Mann im Heer zum Feldherrn
Und zeigt dem Feldherrn: „so hätt' ich's gemacht!
Gott aber ließ 'nen Esel Führer sein!" —
Ihr Männer unsres Volks, ich will mich
Nicht besser machen, als ich bin.
Was ich den Alten gestern sagte,
Das sag' ich euch, den Jüngern, ebenso:
Ja, ja, es war nicht klug! Ich hab's verspielt!
Wer kann nun Rom noch nehmen? dacht' ich. Rom
Hat keine Menschen mehr und keine Thore,
Ein Viertel der Mauern fehlt. Ein Friedhof ist es

Und weiter nichts! — Doch ich vergaß:
Der Feind heißt Belisar. Sein kühner Geist
Kann mehr als andre, wagt drum mehr als andre.
Er hat's gewagt! Aus dem zerbrochnen Rom
Hat er sich noch ein brauchbar Schwert geschmiedet,
Das uns dreimal mit blut'ger Schärfe schlug!

Asbad.
Das ist's, was wir beklagten.

Totila.
     Ich denn nicht?
Sahst du mich, Asbad — oder ihr —
In meinen schlummerlosen Nächten? —
Ich bin kein Belisar. Das weiß ich wohl.
Mit seinen Thaten kann ich mich nicht messen;
Noch weniger mit dem Geist, der sie gethan;
Noch weniger mit der greisenden Erfahrung,
Die seinen Geist belehrt. Ich thue, was ich kann,
Und er kann mehr! Das wurmt mich, weil ich
Der König bin, der alles können soll.
Doch nennt mir Einen, der es kann!
Wenn mir ein Cherub käm' und sagte:
„Der Asbad kann's!" dem Cherub müßt' ich's glauben;
Und in derselben Stunde sagt' ich: „nehmt mir
Mein Amt, und diesen Asbad nehmt zum König!"

Teja.
Gut, daß kein Cherub kommt! Denn wahr wär's doch nicht.
(Lachen.)

Asbad (für sich).
Ein Messer in deinen Leib!

Hunimund.
   Mein König,
Das ist nun alles eins. Du hast
Uns groß gemacht, als wir die Kleinen waren;

Und wenn wir jetzt von wegen Belisar
Uns den geschlag'nen Buckel kratzen,
Du schmierst uns wieder Siegessalbe drauf!

Totila.

Ich hoff' es, guter Hunimund.
Erst wenn ich in der Erde liege,
Geb' ich das Hoffen auf! — Ihr gothischen Männer,
(auf den neben ihm stehenden Hilderich deutend)
Durch Hilderich ward mir eben gute Botschaft;
Drum kam ich her. Der Erzfeind Belisar,
Des langen Krieges müde — unzufriedner
Mit seinem Kaiser, als Asbad mit mir —
Mit Recht auch: denn der geizige Kaiser gab
Ihm weder Geld noch Leute — kurz,
Der große Feldherr geht!
(Große, wachsende Bewegung.)
Bei Christi Wunden,
Er geht! Ich hör's aus Rom. Er hat's verlangt,
Und Justinianus hat ihn abberufen.
Ihr Volksgenossen! Seht, die Würfel fallen
Bald so, bald so. Die Gothen, sagt man, sind
Die wild'sten Würfelspieler auf der Erde (Lachen);
Sollt' euch der Muth vergehn, noch einmal um
Den Sieg zu würfeln? Belisar der Kluge hat
Vier Augen, sagt man. Ohne Belisar
Hat also dann der Byzantiner
Vier Augen weniger im Würfelspiel,
Und wir gewinnen! (Große Heiterkeit.)

Eutharich.

Das sieht auch der Dümmste.
Wer nicht? (Schweigen, dann Lachen.)

Totila.

So sag' ich denn ein letztes Wort;
Ich hoffe, das gefällt euch. In der Stunde,
Da mir ein zuverläss'ger Bote meldet:

Belisar ging zu Schiffe nach Byzanz,
Ruf' ich mein Heer zusammen und es blasen
Die Kriegstrompeten: auf nach Rom!
(Zustimmende Rufe, Rasseln mit den Waffen.)

Hunimund (nicht eifrig).
Nach Rom!
Wir werden 's nehmen!

Odulf.
Wir mit unserm König!
(Neues Waffenrasseln.)

Asbad
(zu Filimer, grimmig, verächtlich, halblaut).
Stockfische; Hämmel. Komm!
(Vorne rechts mit Filimer ab. Teja sieht ihm lächelnd nach. Die Menge verliert sich allmählich, einige nach links oder in die sichtbaren Zelte, die Mehrzahl nach vorne und hinten rechts. Zuletzt bleiben nur Totila, Hilderich, Teja, Mathasuntha auf der Bühne.)

Teja (zu Totila, heiter, halblaut).
Das ging noch gut.

Totila (ebenso).
Ich dacht' es.

Teja.
Ja, du hatt'st 'nen guten Helfer:
Den Belisar!

Totila (zu Hilderich).
Schick' unsern Boten dem,
Der noch erwartet wird, entgegen:
Er soll sich eilen! wie er kann!
Und ist er da, so bring' ihn gleich zu mir.
(Hilderich rechts ab. Bis auf die Drei ist nun die Bühne leer.)
Der Bote, der uns eben kam, der kam
Um vier, fünf Tage später, als er sollte:

Vom Feind belauert, angepackt, verwundet,
In einer Höhle dann versteckt. Der zweite,
Den wir erwarten, mag schon melden, hoff' ich:
Freund Belisar ist fort!

Teja (zu Mathasuntha).
Wie ihm die Augen
Von Hoffnung leuchten.

Mathasuntha.
Lange Tage war
Mein Bruder nicht so froh wie heut.

Totila (zu Teja).
Die ist's auch heut noch nicht. Ich bitt' dich, schilt sie. —
Sag, Teja! denn dir glaubt sie mehr als mir.
Wird Rom wohl unser, wenn der Erzfeind fort ist?

Teja.
Nicht auf den ersten Hieb; denn Belisar
Wird's gut versorgt, in guter Obhut lassen.
Doch unser wird's! Da zweifl' ich nicht.

Totila (zu Mathasuntha).
Du hörst.
Und dann so weiter! Wen noch fürchten
Nach Belisar? Der Kaiser Justinianus
Ist alt. Er plagt sich mit den Glaubenssätzen
Der heiligen Kirche. Und er spart sein Geld.
Er mag den langen Krieg nicht mehr.

Teja.
Wir auch nicht!

Totila.
Er schickt 'nen Neffen her, der nichts versteht,
Zehn Pfennige dazu; der Krieg schläft ein,
Und über Italien herrscht der Gothe wieder!

Mathasuntha.

Und weißt du nicht, wie um den Kaiser sich
Die flücht'gen Römer drängen: Herr, wirf endlich
Dies Räubervolk hinaus!? wie seine Bischöf'
Und Beichtiger ihn mahnen: diese Ketzer,
Die arianischen Gothen, weg mit ihnen!?
Die zwingen ihn; gieb Acht!

Totila (weniger zuversichtlich).
Sie werden nicht.

Mathasuntha.
Und wenn er Ernst macht, was sind wir?
Wie Hundert gegen Tausend.

Totila.
Laß mich!
Nie werd' ich's glauben, daß das erste
Von allen Völkern der Germanen
Ins Grab versinken soll!

Teja.
Ich auch nicht.
(lächelnd) Gieb deiner Schwester nichts zu essen, Totila,
Bis sie das Glauben lernte.

Mathasuntha.
Wollte Gott,
Ich hätt' des Kaisers Ohr! Ich würd' ihm sagen:
Justinianus, frommer Christ,
Sei christlich, thu nicht Unrecht! Dein ist
Der Osten, drüben hast du nichts zu schaffen;
Italien ward den Gothen hingegeben.
Du bist im Unrecht — und bist bald bei Gott!

Teja.
Was ist das Recht auf Erden, Mathasuntha?
Der Schwache sagt: ich habe Recht!
Der Starke sagt: ich nehm' dir's, dann hab' ich's!

Mathasuntha.
Dann — weh uns, Teja!

Totila.
Sag nicht „wehe, wehe";
Ich mag's aus deinem Mund nicht hören. —
Und wenn wir auch an Zahl ein ärmlich Volk sind,
Und wenn uns auch das Römervolk nicht liebt,
Und wenn der Gothe sich auch gern verrömert,
Verwelscht, vergriecht: ich hoffe doch.
Gott lächelt immer noch auf seine Gothen.
Und ich hab' Teja! (Nimmt dessen Hand.)

Teja.
Bruder! — Ja, ich bin dir
Ein angelobter Bruder, Totila.
Möcht' mit dir so in Eintracht leben
Wie die drei gothischen Königssöhne —
Wie hießen sie —

Mathasuntha.
Theodemer,
Walamer, Widemer.

Totila.
Die guten Brüder.
Topp! (Drückt Teja's Hand noch einmal.)

Mathasuntha (lächelnd).
Und der Dritte?

Totila.
Der bist du! —
Ich will ins Zelt zurück, hab' noch zu schaffen.
(zu Teja, heiter) Am Abend bechern wir! (Rechts ab.)

Mathasuntha (sieht ihm nach).
Ein froher König.

Teja.
Eine düstre Schwester.

Mathasuntha.
Düster nicht. Nur nicht
So schnell getröstet.

Teja.
Mathasuntha, darf ich
Ein wenig schelten?

Mathasuntha.
Warum fragst du?
Du hast das Recht, das weißt du.

Teja.
Deinem Bruder
Wär' besser, wenn ihm deine sorgenden
Gedanken weniger die Freude störten.

Mathasuntha.
Sorg' ich zu viel?

Teja (nickt).
Glaub's wohl.

Mathasuntha.
Doch denk' nicht, Teja,
Ich thu's aus Weiberkleinmuth. Furcht,
Die hab' ich nicht —

Teja.
Ich weiß.

Mathasuntha.
Ich kann nur nicht
An Morgensonne glauben, wenn
Ein Nordlicht leuchtet. Ich will sehn, was ist.
Ich muß dem Unglück, das mir droht, ins Aug' sehn;
Aushalten will ich's schon!

Teja.

So denk' ich auch. —
Was glaubst du? Wenn mein Herz dir aufging',
Du würd'st dich wundern, was du siehst.
Sturm würd'st du sehn und Nacht und alles Schwarze
Und „weg mit uns!" und ein kreuzlos Grab.
Ich red' nur nicht davon. Ich denke:
Was kommen soll, kommt sicher nicht zu spät!

Mathasuntha.

Teja!

Teja.

Das sind so nächtliche Gedanken.
Es kommen auch andre, wenn der Morgen kommt.
Von denen red' ich dann! Die andern schweigen.

Mathasuntha.

Teja! Du glaubst —

Teja.

Daß wir verloren sind?
Das fragt man nicht. Man lebt und hofft;
Und wenn man Brüder hat, die Könige sind,
So hilft man ihnen hoffen! — Giebt's doch Menschen,
Die nur ihr Werk vollbringen können, wenn
Hoffnung in ihrem Herzen lacht.
So ist dein Bruder. Laß ihn so.
Laß deine Seele nicht auf seine drücken.
Er sieht dich auch, wie ich dich sehe:
Wie eine dieser weisen, hohen Frauen
Der Vorzeit, Brunhild, Jetha, Veleda,
Die auf den Bergen wohnten, zaubern konnten
Und ahnend in der Zukunft Nebel schaun.

Mathasuntha (mit verborgenem Schmerz lächelnd).

Um Gott! Ich wollt', du sähst mich lieber — (Stockt.)

Teja.

Wie was?

Mathasuntha (lächelt wieder).
Wie eine von den guten Frauen,
Die tüchtig Mann und Kind und Vieh verwalten.

Teja.
Du? — Nein, da lächert's mich. Bist mir zu hoch
Für Mann und Vieh und Kind! — Du weißt wohl nicht,
Wie ich dich ehre, Mathasuntha.
Wenn ich Gott, meinem Schöpfer, danke,
So dank' ich ihm zumeist, daß Totila
Mich Bruder nennt und ich dich Schwester nenne,
So recht als Bruder für dich fühlen darf.

Mathasuntha (abgewandt, für sich).
Bruder!

Teja.
Mir ist auch fast, als wär' ich's.
Wenn ich der Zeit gedenk', da wir als Kinder —
Ich freilich älter, doch in dir
Kam alles wunderfrüh! — da wir am jähen Fels
Uns an die Zweige stämmiger Bäume hängten,
Die überhingen, weißt du noch? und so
Hoch überm Abgrund schwebten; und du jauchztest.
Da wir auf schwanken Brettern schaukelten,
Auch hart am Abgrund; und ich einst
Unsinnig tolldreist dich herunterschnellte . . .
Ein toller Bub! — Du kamst noch gut davon. —
Aus dieser Spielzeit ist mir was geblieben:
Ich geh' noch gern am Abgrund hin.
Die Menschen, deucht mir, sind so, wie sie spielen,
Und spielen, wie sie sind!

Mathasuntha.
Du gehst noch gern —

Teja (nickt).
Am Abgrund hin. — Das hilft mir durch die Zeiten.
(Hilderich kommt von rechts hinten.)

Hilderich.
Der König läßt dich in sein Zelt entbieten;
(zu Mathasuntha) Dich auch.

Teja.
Was giebt's? Der zweite Bot'
ist da?
(Hilderich nickt.)
Und Belisar ist fort?

Hilderich.
Es scheint so.

Mathasuntha (freudig).
Teja!

Teja.
Heut scheint die Sonne Totila's. (zu Hilderich) Wir kommen!
(Alle nach hinten rechts ab. Von vorne rechts, vor einem Zelt, kommen Asbad und Eutharich; Eutharich spricht schon hinter der Bühne.)

Eutharich.
Ich halt's für einen Mißbrauch, Asbad, einen Mann aufzustören, der beim Becher sitzt. (Sie werden sichtbar.) Konnt'st du dich nicht zu mir setzen und mitthun?

Asbad.
Da saß die ganze Horde unsrer Weinschläuche; für deren Ohren war das nicht, was ich sagen will.

Eutharich.
Unsre besten Trinker. Lauter Kerle wie Gold!

Asbad.
Die wie die alten Weiber schwatzen. Hör jetzt einmal zu, Eutharich; du weißt, ich bin dann auch wieder wie ein Bruder für dich und setz' dich bis an den Hals in Wein. Hier auf diesen Baumstümpfen sitzt sich's gut. Was war das für ein Brief, den dir unser Kundschafter brachte, der vorhin von Rom kam?

Eutharich (sitzend).

Der mit der guten Belisarbotschaft?

Asbad.

Nun ja; wer denn sonst?

Eutharich.

Ein Brief?

Asbad.

Bist du schon wieder betrunken, Mann? daß du so zurückfragst?

Eutharich (schüttelt den Kopf).

So geschwind geht das nicht. — Also wenn nüchtern und ohne Schmuck der Rede gesprochen werden soll: der Brief war von der süßen Griechin, von der kleinen Glauke.

Asbad (erstaunt).

Glauke? Ist die wieder in Rom?

Eutharich (nickt).

Seit Belisar hinzog und die weggeschickten Römer wiederkamen, ist auch das liebliche Herzlein da! Denn in ihrem süßen Gemisch von Griechisch, Römisch und Deutsch hat sie mir's geschrieben.

Asbad.

Wie kommst du dazu, daß dir Glauke schreibt?

Eutharich.

Ja, wie komm' ich dazu? Ein schöner, hoher, blond=lockiger Germane wie du bin ich ja doch nicht; schlimme Leute sagen, ich wär' ein versoffenes Schwein. Aber sie liebt die Dichter, weißt du. Das ist ihr mächtig zu Herzen gegangen, daß ich Verse mache, die meine Lands=leute singen, beim Becher oder vor der Schlacht. Der „gothische Tyrtäos", sagt sie. Und sie knotete mir bunte

Bänder ins Haar und setzte mir einen Kranz aus Lorbeer und Weinlaub auf mein „Sängerhaupt".

Asbad.
Und was schreibt sie dir, du verschlemmter Tyrtäos?

Eutharich.
Wir sollen wieder nach Rom kommen, schreibt sie; Belisar geht fort. Und ein römischer Senator liege jede Nacht vor ihrer Thür; sie hab' aber einen griechischen Hauptmann lieb, ein feines Bürschchen. Und sie läßt dir sagen —

Asbad.
Mir? — Was denn?

Eutharich.
Sie hat dich einmal einigermaßen geliebt, so schreibt sie, und dann über die Maßen gehaßt. Und jetzt bist du ihr gleichgültig, schreibt sie; so gleichgültig wie das Jahr Tausend vor Christo, oder wie Evas Nachthaube, wenn sie eine hatte.

Asbad.
Du könnt'st ihr antworten, mir sei's mit ihr ebenso ergangen; — aber nein, thu das lieber nicht. — Belisar nach Hause! Wir wieder nach Rom! Ich kann's noch nicht fassen.

Eutharich.
Du gönnst es Totila nicht. (Asbad schweigt. Eutharich betrachtet ihn mit schlau forschendem Seitenblick.) Oder wär's wirklich so, wie vorhin einer von den Weinbrüdern sagte? Daß du lieber zum oströmischen Kaiser gehn willst, als einem gothischen König gehorchen?

Asbad (nach kurzem Zögern).
Versteh mich recht, Eutharich; in nüchternem Zustand —

Eutharich.

Halbnüchternem —

Asbad.

Hast du ja Kopf genug. Wenn ich zum Byzantiner gehn wollte, was wär' da eigentlich so groß zu verwundern? Er ist der alte römische Kaiser; viele sagen, ihm gehört noch immer alles, was einst römisch war, also Italien auch. Wie viele Gothen, die mit ihren Landsleuten unzufrieden waren, sind zum Byzantiner gezogen; bei einem Haar der Totila auch! Wenn ich also sagte: zum Teufel der ganze Gothenkram! und wir beide segelten nach Byzanz —

Eutharich.

Wir? Ich mit?

Asbad.

Warum nicht? So gute, süffige Weine wie hier fänd'st du auch in Byzanz!

Eutharich.

Hab' mich aber an die italischen gewöhnt, Asbad.

Asbad.

Du ausgepichter Narr! — Nun sei einmal ernsthaft und bedenke: wer bin ich aber? Ich bin Asbad! Man hat mir große Dinge geboten, wenn ich hinübergehe — (da Eutharich ihn verwundert anblickt) ja doch; aber begrab's in dir; sonst ersäuf' ich dich in einem Faß Falernerwein. Große Dinge geboten; ich spiel' aber mit ihnen, verstehst du; ich schätz' mich nicht niedrig; ich halt sie hin, ich überschlaue diese schlauen Griechen. Ob ich nun hier bleib' oder zum Byzantiner geh', ich will einer der Ersten sein!

Eutharich (nach einem schlauen Lächeln).

Soll ich dir sagen, Asbad, wie ich mir denke, wie es in dir aussieht?

Asbad.

Sag nur, was du dir zusammendichtest, gothischer Tyrtäos.

Eutharich.

Es könnt' ja zum Beispiel unser König Totila eine Schwester haben, die Mathasuntha heißt. Und du könnt'st dir heftig wünschen, daß dieses schöne Weib deine Frau würd'. Und wenn sie das würde, und wenn ihr Bruder das Königsein sattkriegte, und wenn du nach ihm König würdest — dann wärst du lieber hier der Erste, als in Byzanz Dritter oder Vierter!

Asbad

(nach kurzem Aufleuchten der inneren Bewegung, verschlossen).

Recht hübsch gedichtet.

Eutharich.

Da könnt' nun aber ein großer Stein im Weg liegen, der sich Teja nennte. Den zum Beispiel dieses schöne Weib doch noch lieber hätte —

Asbad (springt auf).

Sprich mir nicht von Teja, du Schwamm. — Ich bin ihm hundert Vergeltungen schuldig. Ich bleib' nicht gern schuldig. — Der und Mathasuntha! — Auch so einen großen Stein wälzt man doch aus dem Weg!

Eutharich.

Wie zum Beispiel?

Asbad.

Mit deinem versoffenen „Zum Beispiel"! — Also ja, zum Beispiel. Kommen wir nach Rom — jetzt wünsch' ich's — dann will ich ihm einen Hebel ansetzen: diese kleine Glauke. Das griechische Herzlein, das für die Byzantiner arbeitet —

Eutharich.

Was? Du meinst —?

Asbad.

Ich glaub', daß ich's weiß. Die soll diesem Mitkönig das Herz verdrehn — und ihn aus dem Weg rollen!

Eutharich.

Den Teja? An den kommt sie nicht. Das ist der Gothe der Gothen!

Asbad.

Eben drum. In denen griechelt's von Natur. — Willst du wetten, Mann?

Eutharich (nickt).

Eins meiner besten Lieder gegen das Faß Falerner= wein, in dem du mich ersaufen wolltest.
(Freudenrufe, Triumphgeschrei draußen, rechts.)
Was ist los?

Hunimund (draußen).

Der König sagt's! Belisar ist fort! Belisar ist fort! Nach Rom!

Viele (draußen).

Nach Rom! Heia, heia! Nach Rom!
(Zusammenschlagen von Schwertern und Schilden.)

Eutharich.

Sie rufen: Belisar ist fort! Nach Rom! (Gesang vieler Männerstimmen beginnt, der sich langsam nähert.) Sie singen! Asbad! Sie singen das Lied, das ich ihnen dieser Tage vorsang —

Asbad.

So laß sie, in aller Teufel Namen!

Eutharich.

Das Romlied, das ich gedichtet habe! Mein Romlied! (Steigt voll Feuer auf den Baumstumpf, auf dem er gesessen hat; blickt nach rechts hinaus.) Da kommen sie, die herrlichen

Bursche. Nur zu rasch gesungen. Mehr Maß, ihr Leute! Langsamer! (Fällt ein, den rechten Arm bewegend, singt mit:)
>Roma, o Roma!
>Du sahst unsern Rücken;
>Morgen oder übermorgen
>Wirst unser Antlitz sehn!
>Sahst schon so viele
>Fürsten der Germanen:
>Alarich umschlang dich,
>Genserich erschlug dich,
>Theoderich weckte dich,
>Totila weint um dich.

Zu rasch, zu rasch! — — Die Hundsköpfe warten nicht.
>Wird bald nicht mehr weinen,
>Wirst ihn wiedersehn,
>Sei du ruhig, alte
>Roma, o Roma!

(Der singende Zug, der nun wieder von vorne beginnt, hat die Bühne erreicht, die ersten der jungen Gothenkrieger, ihre Schwerter schwingend, werden sichtbar. Der Vorhang fällt.)

Zweiter Aufzug.

Rom. Das römische Forum. Links erheben sich die Stufen, über denen der Tempel des Castor steht; rechts der Tempel des Divus Julius. Im Hintergrunde andere der alten Gebäude, abschließend und überragend die alte Burg mit dem Junotempel. Alles ruinenhaft, manches noch leidlich wohlerhalten. Auf der Bühne einige Standbilder und Einzelsäulen; im Vordergrunde liegen Stücke von zertrümmerten Säulen umher.

Totila, im purpurnen Königsgewand, eine Lanze in der rechten Hand, steht auf der obersten Stufe vor dem Castortempel; eine Stufe tiefer, etwas entfernt, Teja, Hilderich, Hunimund. Auf dem Platz vor den Stufen römische Senatoren und Bürger, Asbad, Odulf, Filimer, Eutharich und andere Gothen, zum Theil mit verbundenen Wunden.

Totila.

Römische Senatoren! Römische Bürger!
Männer des Gothenvolks! Am Tag, nachdem wir
Das alte Rom im Sturm zurückgewonnen,
Hab' ich euch hier versammelt, ohne Prunk,
Frei unterm freien Himmel, um euch schlicht
Zu sagen, wie ich's denk' und halten will.
Wohl mancher unter euch bekennt vor Gott
Sich schuldig, daß er unsern Bund gebrochen,
Dem siegenden Feind gehuldigt und geholfen,
Dem Griechen lieber als dem Gothen hold
Und überzeugt: der Gothe kommt nicht wieder!
's war thöricht, seht ihr nun; und Unrecht auch:
Denn Christus ist mein Zeuge, euch und allen
War ich ein milder König; doch die Andern,
Die von Byzanz? Habt ihr vergessen, Römer,
Wie hart, wie furchtbar ihre Herrschaft euch
Vor meiner Zeit gedrückt? Dieselben Griechen,
Die ihr verachtet, die ihr früher nur
Als Sänger, Mimen, diebisches Meergesindel

In diesen Mauern saht? — Doch ich, um Heil
Zu bringen dieser schwergeprüften Stadt,
Die unserm Schwert erlag, die zwischen Leben
Und Sterben hinsiecht wie ein kranker Mensch,
Ich will den Schleier des Vergessens über
Das Gestern ziehn und nur ans Morgen denken.
Ich will nun dauernd meinen Herrschersitz
In Rom aufrichten, es mit Leben füllen,
So viel das arme, menschenleere Land
Noch geben kann; und was ich einst gelobt,
Das will ich auch nach eurer Untreu halten:
König der Gothen und der Römer sein.
Euch soll eu'r Glaube bleiben wie bisher,
Euer Gesetz und Recht; im ganzen Reich
Will ich euch Aemter geben wie bisher,
Auch gern im Kriegsheer — wen die Seele treibt.
Mein Vorbild war und ist Theoderich,
Der große König, der sein Gothenvolk
Mit griechischer und römischer Gesittung
Zu nähren, sie und euch zu einen strebte;
Und seine dreißig Königsjahre hat
Auch Rom gepriesen als 'ne Zeit des Glücks!
Mögt ihr einst sagen: König Totila
War kleiner, doch nicht schlechter; denn sein Sinn war,
Gerecht und gut zu sein. Und laßt uns nun
Zusammen rufen: Heil dem neuen Rom
Der Gothen und der Römer!

Alle.
Heil, Heil, Heil!
(durcheinander)
Heil Rom! — Heil König Totila! — Heil, Heil!

(Totila verneigt sich zum Abschied, grüßt mit der Lanze, steigt herab, spricht noch einige Worte zu den Senatoren; geht dann links hinter dem Tempel ab, mit Hilderich und Hunimund. Vor demselben Tempel erscheint Mathasuntha mit (der älteren) Amalafrida und einer jungen Dienerin. Die Römer und auch die Gothen verlieren sich dann nach und nach; zuletzt bleiben nur die Frauen, Teja, Odulf, Asbad, Eutharich und Filimer.)

Eutharich
(während Totila noch mit den Senatoren spricht, leise).

Eine hübsche Rede; auch mit guten Gedanken drin.

Asbad (leise).

Das wird ihm wenig helfen, guter Eutharich. Hast du diese Römer gesehn? was sie einander für Gesichter machten?

Eutharich.

Römische.

Asbad.

Hansnarr. — So ein Römer braucht dem andern nur mit dem unteren Augenlid zu zucken: damit sagt er ihm ein ganzes Buch!

Teja (tritt zu Mathasuntha; Totila ist fort).

Du hier?

Mathasuntha (lächelnd).

Eben komm' ich. Hab' hier am Tempel gestanden, mit Amalafrida, und zugehört, wie mein Bruder sprach. Und mir war so wohl ums Herz!

Asbad (tritt hinzu).

Vergönn' einem alten Freund, Mathasuntha, sich mit dir zu freuen, dir die Hand zu drücken. Solch einen Freudentag erlebten wir lange nicht! (Sie giebt ihm die Hand, nimmt sie aber gleich zurück.) Warum siehst du mich so prüfend an?

Mathasuntha.

Ich denk' nur, ob du's so meinst, wie du sprichst.

Asbad.

War ich denn jemals falsch zu dir? — Zu Andern, mag sein; zu Mathasuntha nie! — Oder weißt du's anders? (Sie schüttelt nach kurzem Zögern den Kopf.) Deine Freuden sind meine Freuden. Vergieb, daß ich dachte: das ist ihr bewußt! (Blickt sie noch einige Augenblicke wie ein edler Gekränkter an; grüßt, rechts ab.)

Mathasuntha (sieht ihm nach).

Schön und stolz, das ist er. — War ich zu unhold gegen ihn?

Teja.

Das kann niemand sein! — Laß den Tückebold; er kriecht mir wie ein Ungeziefer über die Haut. — Wie dir das Glück aus den Augen schaut. Das sind Augen wie vor zehn Jahren. Macht Freude wirklich so jung?

Mathasuntha.

Bin ich heut keine von den weisen Frauen, die auf den Bergen wohnten?

Teja (lächelnd).

Nein, nein. Ich dacht' eben, ich sei auch zehn Jahre jünger und mit dir am Vesuv.

Mathasuntha (heimlich erregt).

Am Vesuv! Die alten Zeiten! (abspringend) Totila ist nichts als Freude. — Er will, daß auch du (nach links deutend) auf dem Palatin wohnen sollst, im Palast des Tiberius, neben uns. Er will nach Neapel, will Sizilien wiederhaben; er träumt von Siegen zu Land und Meer.

Teja.

Ich träum' auch; aber nicht so.

Mathasuntha.

Was schaut dir aus den Augen? Das sah ich da wohl lange nicht.

Teja (blickt umher, dann auf Mathasuntha).

Schönheitslust möcht' ich's nennen; das Wort klingt nur einem Gothenohr so fremd. Dein Gesicht — und

Rom! — So hab' ich das noch nie gefühlt. All die Werke der Kunst da weit und breit, die Säulenhallen, die Erz- und Marmorbilder; bin heut dazwischen umhergegangen wie in einem verzauberten Morgentraum. Sag's Totila nicht, der lacht mich aus! — In meiner Brust ist ein Haus mit zwei Stockwerken: oben die Siegerfreude, der Gothenstolz, unten dies Gewunder, daß es Menschen gab, (umherdeutend) die das alles konnten, und daß unter so 'nem blauen Himmel so viel Schönheit ist!

Mathasuntha.

Ich fühl's wohl auch; aber doch nicht so.

Teja.

In einer Stunde, denk' ich, kommt der Mond herauf. Dann will ich einmal auf diesem Friedhof von Wundern umhergehn, wie der alte Bischof Wulfila, und auch noch den Mondscheintraum träumen; — sag's dem Totila nicht. (lächelnd) Morgen bin ich dann wieder gesund! — Willst du mit?

Mathasuntha (überrascht).
In den Mondschein?

Teja.
Ja.

Mathasuntha.

Christus, ob ich will! (Versteckt ihre Freude wieder.) Ich hab' dieses alte Heidenrom noch nie im Mondlicht gesehn. In einer Stunde komm' ich mit Amalafrida wieder. Sag, wo find' ich dich?

Teja.
Hier. Ich bleib'. Ich erwarte dich.

Mathasuntha.
Und ich komm' gewiß! (Mit Amalafrida und der Dienerin, die während dieses Gesprächs zurückgetreten waren, links ab. Unterdessen haben Eutharich, Odulf und Filimer sich weiter rechts auf den Säulenstücken niedergelassen oder, auf der Erde sitzend, sich an sie angelehnt; Odulf und Filimer würfeln, Eutharich sinnt vor sich hin.)

Teja
(blickt Mathasuntha nach; für sich).

Zuweilen steht sie oder geht sie, als wär' sie das Weib aller Weiber. — Aber so ein griechischer Meister, der hätt' wohl gesagt: für eine Juno kann ich sie brauchen, für 'ne Venus nicht!

Filimer (steht auf; zu Odulf).

Ich hab' genug, ich mag nicht mehr. (für sich) Teja ist allein. Jetzt kann man's versuchen! (Rechts ab.)

Teja (kommt zu Eutharich).
Was geht dir im Kopf herum?

Eutharich.
Ein paar Verse, Teja.

Teja.
Verse. Ich kann keine machen. (Setzt sich auch auf einen Säulenstumpf.) Ich kann nichts. So Säulen machen, Marmormenschen, malen, zeichnen — nichts! Ich kann nur so dasitzen und mich wundern.

Eutharich.
Du kannst König werden; ich nicht.

Teja (lacht).
Wenn ich, dann du auch!

Eutharich.
Hast du schon einen König gesehn (zieht eine Kürbisflasche hervor), der immer eine Kürbisflasche unterm Mantel hatte? (Zieht den Pfropfen ab und trinkt.)

Teja (lacht).
Warum hast du sie?

Eutharich.
Man will doch einmal plötzlich — — und das Plötzliche ist das Angenehmste. (Trinkt.)

Teja.
Sieh diesen Weinschwelg, Odulf. Nimm ihn dir als Vorbild, aber als warnendes! — Ich kenn' diese Dinger auch, die man Mordsräusche nennt; aber mich mit dem Becher verheiraten — nein!

Eutharich.
Ich bin so geschaffen, Teja. — Ich wollt', ich könnt' ohne Fraß vom Wein leben, wie unsre Vorfahren vom Gott Wodan sagten. Oder es gäb' noch solche Zechgelage wie beim Degir, wo das Ael sich selber auftrug! — Magst du mittrinken, Feldherr?

Teja.
Hast gestern wie ein guter Gothe gefochten; darum nehm' ich dir einen Schluck. (Trinkt.)

Eutharich.
Und was hast du gethan? — In des Königs Rede fehlte mir nur ein Satz: „Teja war wieder der Beste! Teja hat's gemacht!"

Teja
(legt ihm eine Hand auf den Mund. Horcht).
Was für ein Lärm hinter dem Tempel da?

Odulf.
Mich dünkt, ich hör' Filimer.

Teja.
Den Nachtreter dieses Asbad?

Filimer (draußen, rechts).
Laßt mich los! — Laßt das Mägdlein los!

Odulf (springt auf).

Ich will ihm beistehn.

Glauke (draußen).

Laßt mich! Laßt mich! (Stürzt von rechts hinter dem Tempel Cäsars hervor, von Damianus und zwei andern römischen Strolchen verfolgt. Damianus packt sie wieder an der Schulter, sie reißt sich los, läuft zu Teja und stürzt vor ihm in die Kniee.)
Schütz' mich, Gothe! Hilf mir!

Teja (steht auf).

Sei ruhig. — Warum greift ihr sie? Was giebts?

Damianus.

Ich wollte nur —

Glauke.

Was ich nicht will.

Filimer
(kommt von rechts, scheinbar außer Athem).

Das sah ich
Und wollt' ihr helfen. Hui! Da packen mich
Zwei Andre, halten mich; bis ich mich losriß.

Teja (zu den Römern).
Habt ihr ein Recht auf Die? (Sie schweigen.)

Glauke.

Ich kenn' sie nicht.

Teja (zu Damianus).
Dann rath' ich dir, roll nicht die schwarzen Augen
So dummdreist; sonst zerschmettr' ich dir die morschen
Gebeine, römischer Frechling. Nehmt die Füße
Unter die Arme!
(Damianus will noch reden; Teja hebt den Arm.)

Packt euch!
(Die drei Römer hurtig ab.)

Eutharich (für sich).
Glauke? Filimer? —
Kommt das von Asbad?

Teja (zu Glauke).
Steh doch auf! — Soll ich
Dich heimgeleiten lassen?

Filimer.
Ich will gern —

Glauke
(ist aufgestanden; nicht reich noch auffallend gekleidet, aber mit Reiz
und Geschmack. Ablehnend).
Dank, dank! — Dann würd' ich Eutharich drum bitten. —
Sei mir gegrüßt! (Giebt Eutharich die Hand.)

Teja.
Ihr kennt euch?

Eutharich.
Ja, mein Feldherr.
Aus unsrer letzten Römerzeit. Die Glauke.

Teja.
Ich sah sie nie.

Glauke.
Ich bin dir ausgewichen.
Ich hatte Furcht vor dir.

Teja.
Vor mir? Warum?
Tunk' ich denn Mägdlein in die Morgensuppe?
(Glauke lacht.)
Ein silberhelles Lachen. — Und wie kamst du
Zu diesem Trinker?

Eutharich.
Brüder in Apoll!
Sie dichtet auch.

Glauke (lächelnd).
Er lügt. Ich singe nur,
Was Andre dichteten.

Eutharich.
Doch kennt sie Alles.
Und wenn sie's auch nur spricht, so wird's Musik!

Teja
(betrachtet sie eine Weile stumm).
Würd'st du auch mir —? (Stockt.)

Glauke.
Was, guter Gothe?

Teja.
Glauke —
So nennst du dich.

Glauke (nickt).
Ich bin ein Griechenkind.
Geboren in Athen, erwachsen in
Byzanz — und jetzt in eurem Rom.

Teja.
Drei gute
Herbergen auf dem Lebensweg! — Möcht'st du
Auch mir so eins von deinen Liedchen sagen?

Glauke.
Weil du mein Retter und Beschützer warst,
Drum thät ich's gern. Doch hier? und ohne Zither?

Eutharich.
Nicht singen, Glauke; sprich nur! Das thut's auch.

Glauke (zu Teja, lächelnd).

Ich hab' ein schrecklich dankbar Herz. Ich thu's. —
Doch nichts von Krieg. Ich bin ein Weib.

Teja.

Nur zu!
(Filimer, zufrieden lächelnd, rechts ab.)

Glauke
(auf einem Säulenstück sitzend, wie die Andern).

Bin ich denn als Mensch geboren,
Dieses Lebens Weg zu wandeln:
Die durchwanderte Zeit, die kenn' ich;
Weiß nicht, wie viel noch zu laufen?
Laßt mich gehn, ihr grauen Sorgen;
Ich hab' nichts mit euch zu schaffen.
Eh mich überläuft das Ende,
Will ich spielen, lachen, tanzen,
Mit dem Wein, dem Sorgenlöser!

Odulf (nicht anerkennend).

Die kann's.

Eutharich.

Hab' ich nun Recht?

Teja.

Ja, ja. — Es klingt,
Wie wenn ein Schwälbchen auf dem Hausdach zwitschert. —
So weit ein artig Lied. Wer hat's gedichtet?

Glauke.

Das weiß man nicht.

Teja.

Das weiß man nicht?

Glauke.

Man hat's
Vergessen. Ururalt!

Teja.
So lang' schon konnte
Dein Griechenvolk so zierlich sagen, was —
Was Eutharige fühlen?

Glauke.
Herr, mein Volk
War immer fein und zierlich. Nur ihr Andern, ihr
Barbaren, braucht so lang', um das zu lernen.

Teja (steht auf, in jähem Zorn).
Was? Mir das ins Gesicht? Du auch so dreist
Wie diese Römer, die ich fortgejagt? —
Geh ihnen nach und such sie. Mach dich fort!

Glauke.
Das wirst du mir nicht zweimal sagen. Grober
Germanenkönig, lebe wohl!
(Geht, doch nicht eilig, nach hinten rechts.)

Teja.
He! Glauke!
(Sie bleibt stehn.)
Flieg noch nicht fort, du bunter Sommervogel.
Schau mich noch einmal an. — Ich bitt' dich, zeig mir
Noch einmal dein Gesicht.

Glauke
(wendet sich plötzlich, wie von einer starken Empfindung hingerissen,
und stürzt wieder zu ihm hin).
Da bin ich! — Herr!
Ich möchte wieder in die Kniee sinken.
Sei grob. Was thut das? Hast mich doch beschützt!
Frech war ich, undankbar. Ja, schilt nur, schilt nur,
Und dann sei wieder gut!

Teja (lächelnd).
Ich bin's ja, Glauke. —
Wie solche Griechen-Augen bitten können;

Und so 'ne Kehle, wie sie lacht und weint! —
„Germanenkönig". Warum sagtest du —

               Glauke.
Bist du's nicht?

            Teja.
    Nein.

               Glauke.
                     Ich weiß doch, daß du's bist.
Von innen, mein' ich. Ein geborner König.
Dies Griechen=Auge sieht's!

           Teja (die Stirn runzelnd).
                     Ich bitt' dich, Glauke,
Nicht schmeicheln. Das ist mir wie Rattengift —
Oder wie saurer Wein für Eutharich.

               Glauke.
Ich kann's nicht treffen! Bald zu bitter, bald
Zu süß; dich ärgert's immer.

           Teja (wieder lächelnd).
                    Nun, dann schau nur;
Die Augen treffen's! — Oder sag noch eins
Von deinen Liedchen; denn du kennst ja alle.
In diesem Abendlicht, auf diesem Platz
Voll Schönheit, Tod und Leben hört es sich
Dem griechischen Schwälbchen gar so wohlig zu.

               Eutharich.
Thu's, Glauke, thu's.

             Glauke (nickt).
               Ich thu', was Teja will.

              Eutharich.
Das von der Schwalbe und den Liebesgöttern.

Glauke (nicht).

Ja, du, o liebe Schwalbe,
Du wanderst alle Jahre:
Du baust dein Nest im Sommer,
Du ziehst im Winter weiter
Zum Nilstrom oder nach Memphis.
Doch Eros baut beständig
Sein Nest in meinem Herzen!
Ein Kleines ist schon flügge,
Ein andres ist ein Ei noch,
Eins halb schon ausgekrochen.
Doch ein Geschrei ist immer
Von mundaufsperrenden Jungen!
Und die schon größren füttern
Die kleinen Liebesgötter;
Kaum aufgefüttert, schaffen
Die wieder andern Nachwuchs.
Wie helf' ich mir dagegen?
Vor so viel Liebesgöttern
Weiß ich mich nicht zu retten!

(Asbad erscheint vorsichtig spähend rechts, vor dem Tempel, mit Filimer. Es beginnt zu dunkeln.)

Asbad (leise).

Das hast du gut gemacht.

Filimer (leise).

Schau, wie er guckt.

Teja

(hat Glauke in verhaltener Erregung betrachtet; lächelnd).

Also sie plagen dich, die Liebesgötter?

Glauke.

Verzeih: ich sprach das nicht von mir. Ich sagte
Des Dichters Worte.

Teja.

Und du selbst?

Glauke (lächelnd).

Von Liebesgöttern nichts. Ich weiß

Teja.
Du nichts von Liebe?

Glauke.

Ich kann mich nicht entsinnen. Eutharich!
Hab' ich schon einst geliebt?

Eutharich.
Mich.

Glauke.

O du Narr!
Wer steht dort? Teja (wie aufgeschreckt).

Odulf (halblaut).
Asbad, scheint's.

Eutharich.
Und Filimer.

Glauke.

Asbad? Den mag ich nicht!

Teja.

Halbpart: ich auch nicht. —
Doch mir gefällt, daß er dir nicht gefällt.
(Asbad und Filimer treten zurück, verschwinden.)
Gottlob, er geht! Ich seh' ihn schon nicht mehr.
Rom ist nun wieder Rom! — Und Glauke Glauke.

Glauke.

O heiliges Blut, was bin ich? Nichts.

Teja
(sein Gefühl noch zu verbergen bemüht).
Du bist — —
Du sprachst dein Liebchen gut. Ein toller Einfall:
Ein Nest voll Liebesgötter! — — Eutharich!
So ein lebendig Griechenkind, mit weich
Geschmeidigen Gliedern, sanften Feueraugen,
Dem Silberlachen und der goldnen Stimme,
Ist mehr als all die Erz- und Marmorbilder
Von Menschenhand.

Eutharich
(nun doch erschrocken über Glauke's Wirkung auf Teja, sie abzuschwächen wünschend).
Ich weiß nicht. Venus — Bacchus —

Teja.
Das größte Wunder Gottes! — — Warum lächelst du?

Glauke.
Hab' ich gelächelt?

Teja.
Ja.

Glauke.
Das wußt' ich nicht. —
Vielleicht gefielst du mir. — Vielleicht auch nicht.
Ich weiß nicht.

Teja.
Glauke! Sagst du noch ein Lied?

Glauke.
Wenn wir uns wiedersehen — falls dich's freut —
Und dann zur Zither. Jetzt muß ich nach Haus.
Leb wohl. (Steht auf.)

Teja.
Nein, nein! Noch nicht!

Glauke.
Die Nacht will kommen.
Es ward wohl hohe Zeit.
(Mondschein beginnt, von rechts.)

Teja.
So laß' ich dich
Doch nicht allein nach Haus. Ich will —

Glauke.
Ich bin nicht
Allein: der Mond geht mit.

Teja.
Ein schlechter Freund:
Er zeigt nur um so heller deine Schönheit,
Verräth dich an die Frechen. Heute bleibst du
In meinem Schutz! — Und unterwegs vergleich' ich
Dich mit den Bildern, die im Mondlicht stehn —
Die in den dämmerigen Säulenhallen
So halblebendig leuchten; — doch die ganz
Lebendige bist du.

Glauke.
So willst du mich
Dem Mond nicht anvertrauen?

Teja.
Nein. Ich darf's nicht. —
Eutharich, Odulf, gute Nacht!

Beide.
Gut' Nacht.

Eutharich (zu Glauke).
Schlaf wohl!

Glauke.
Trink nicht zu viel! (zu Teja) Nach rechts.

Teja.

Wohin du willst!
(Mit Glauke rechts vor dem Tempel ab. Während sie gehn, kommt Mathasuntha mit Amalafrida von links.)

Mathasuntha.

Amalafrida!

Amalafrida.

Herrin?

Mathasuntha.

Siehst du dort — —
Ist das nicht Teja, der da geht?

Amalafrida.

Es scheint so.

Eutharich (leise).

O weh! Das wird nicht gut. Fort, Odulf! Gehn wir!
(Zieht ihn mit fort; Beide rechts hinter dem Tempel ab.)

Mathasuntha.

Mit wem?

Amalafrida (verwirrt, verlegen).

Mit wem?

Mathasuntha.

Das fragt' ich dich. — Er wollt'
uns hier erwarten; er geht fort. Mit wem? —
Ein Weib!

Asbad (tritt rechts vor dem Tempel hervor).

Du, Mathasuntha! Sei gegrüßt —

Mathasuntha.

Sahst du nicht Teja eben?

Asbad.
                    Wohl. Er ging
An mir vorbei. Mit einer Griechin, die
Du einst gesehn hast: Glauke.

Mathasuntha (erbebt).
            Glauke!
(Ringt nach Fassung. Dann, mit äußerer Ruhe)
                              Ja,
Ich sah sie einst. — Man spricht wohl viel von ihr;
Wohl mehr, als gut ist. — Teja, ritterlich
Für alle Frauen, mag, weil sie ihn bat — .—
        (Sie zuckt; die Kräfte versagen ihr.)
Es wird das Mondlicht sein: es blendet mich,
Mir flimmert's hier im Aug'. Amalafrida,
Ich sitz' ein wenig.
(Sie setzt sich da, wo Teja saß; ringt wieder nach Besinnung. Ballt
            die Fäuste. Für sich)
              Gestern zog er ein,
Und heut — ein griechisch Püppchen — eine, die — —
Um die vergißt er, daß er mich erwartet. —
O wär' ich doch kein Weib! O wär' ich doch
Jetha und Veleda!

Asbad (seitwärts, leise zu Amalafrida).
            Die Herrin ist
Erregt, so scheint mir. Laß mich ein paar Worte,
Die sie beruhigen, sprechen.
(Auf seinen Wink tritt Amalafrida weiter zurück. Asbad tritt lang=
    sam zu Mathasuntha; spricht mit gedämpfter Stimme)
                Mathasuntha,
Hier steht ein Freund vor dir. Vergieb mir, daß ich
Errathen habe, was dich — drückt.
Es muß die edle, stolze Seele kränken,
Daß dieser Teja, dieser brüderliche,
Dir allernächste —

Mathasuntha (halblaut, rauh).
Was willst du?

Asbad.

Dein Wohl. — Auch meines, wenn ich darf. — Zuweilen
Flammt so ein Blitz als Fackel durch die Nacht
Und zeigt uns einen Abgrund,
An dem wir standen. Thut er das,
So war er gut — und wenn's auch blendend noch
Im Auge flimmert — wie du eben sagtest.
Du sahst nun diesen Teja, wie er ist!

Mathasuntha
(wieder von der Empörung übermannt, für sich).
Hier sitzen! Diese Schmach!
(Blickt zu Asbad auf. Wieder rauh)
Du hassest ihn.

Asbad.

Ich fürchtete; nicht ihn, doch daß er dich
Mir abgewänne. Denn was mich durchflammt —
Was mich so wild, so scharf, so beißend macht,
So feindlich gegen alles um dich her,
Ja, ja, ich leugne nichts — das ist der Wille,
Dich zu besitzen! ist die brennende,
Zehrende, höllenhafte Qual,
Daß ich an Teja dich verlieren sollte.
Nun kennst du ihn. Nun hoff' ich. Mathasuntha!
Ein Weib wie du muß sterben, wenn es sich
Nicht rächen kann. Du kannst dich rächen.
Gieb mir die Hand, die er verloren hat!

Mathasuntha (für sich).

O Gott, o welch ein Labsal wär' die Rache!
(Steht auf. Ein Schauder schüttelt sie.)
Mir graut vor mir. Daß einen Augenblick — —
(Blickt ihn mit noch irren Augen an.)
Was sagtest du?

Asbad.

Daß ich mein Leben dir
Zu Füßen lege — wenn du willst.

Mathasuntha.

Du sprichst ja wie ein Römer oder Grieche.
Geh nur zu denen! — Geh, wohin du willst.
Ich geh' dort links zum Palatin hinauf,
Ins Haus des Königs.

Asbad.

Du verwirfst —?

Mathasuntha.

Die Rache
Und dich dazu. Ein Weib wie ich
Stirbt eher, als sich so zu rächen.
Hab gute Nacht! — Amalasrida!
Wir gehn!
(Sie geht mit festen, stolzen Schritten links vor dem Tempel ab;
Amalasrida folgt ihr.)

Asbad (nach einem ingrimmigen Schweigen).

Nun kann ich wenigstens auch dich
Mit voller Inbrunst hassen. Dich, dein Haus,
Die Gothen, alle! — — Zu den Griechen gehn?
Du räthst mir's? so verächtlich? so — —
Das kann dir werden! — Statt des Belisar
Kommt Narses, hör' ich. Gut; wir gehn zum Narses.
Dann hört ihr mehr von mir!

(Der Vorhang fällt.)

Dritter Aufzug.

Dalmatien. Narses' Zelt im Lager seines Heers; der Hauptraum; ein Nebenraum ist links gedacht. Der Haupteingang hinten; wird dieser geöffnet, so erblickt man kahles Felsgebirge und dazwischen das Meer. Abenddämmerung, allmählich nachtend. — Nur ein Tisch mit Schreibzeug und Wein, und Sessel; Waffen rechts an der Zeltwand.

Johannes, Unterfeldherr, schon ergrauend, sitzt am Tisch und schreibt noch ein paar Worte, legt dann den Schreibstift nieder. Stephanos, jünger, tritt von hinten ein, etwas erregt.

Stephanos.
Heut Abend ist er zornig.

Johannes (bleibt sitzen).
Narses?

Stephanos.
Ja.
Er flucht und wettert. Seine Krieger sollen
Nicht hungern, sagt er; seine Hauptleut' sollen
Nicht stehlen, nicht betrügen. Er wird hängen
Und spießen lassen, sagt er, ohne Gnade,
Wer keine reinen Hände hat! — Er ward
So wild, so roth vor Zorn, daß ich schon dachte:
(auf seine Stirn deutend)
Ihm platzt die Ader hier!

Johannes (lächelnd).
Du glaubtest?

Stephanos.
Ja doch.

Johannes.
Die Aber kennt ihn, guter Stephanos.
Die platzt ihm nicht.

Stephanos (etwas verwirrt).
Wie meinst du das?

Johannes (steht auf, tritt zu ihm).
Du kennst
Den Feldherrn noch zu kurze Zeit. Ich hab'
Schon manchen Bissen Brot mit ihm gegessen.
Narses kann tüchtig wettern, ja, das weiß ich;
Doch nur so lang' er will.

Stephanos.
So lang' er will?
Doch wenn die Leidenschaft ihn übermannt —

Johannes.
Er hat die Leidenschaft, sie hat ihn nicht.
Man soll ihn fürchten: dazu hat er sie.
(sich an Stephanos' Verblüfftheit weidend)
So mußt' ich neulich lachen, als du sagtest,
Ihn hab' was „fortgerissen". Glaub mir, Freund,
Den reißt nichts fort! Ich hab' ihn lang' studirt.
Ein klarer, kalter Kopf, der nüchtern über
Den ganzen Narses herrscht — und über uns.

Stephanos.
So spielt er seinen Zorn?

Johannes.
Er spielt sich, wie's
Ihm eben nützlich deucht. Sein Blut ist warm
Und thut ihm, was er will.

4

Stephanos.

           Doch, Freund Johannes!
Sobald ich weiß: sein Zorn ist kalt, so fürcht' ich
Doch Narses' Zorn nicht mehr. So lach' ich heimlich
Und thu', was mir gefällt!

Johannes.

           Das wär' nicht klug.
Denn mit der Götterruhe seiner Seele
Dächt' er: der Mann muß weg!
      (mit Geberde)
                        und du wärst weg.
Ein schlechter Hauptmann weniger auf der Welt!

Stephanos.

Hm!

Johannes.

's ist ein Mensch, den man studiren muß
Man nennt ihn grausam! Ja, zuweilen ist er's;
Doch auch nur aus Verstand: zuweilen nützt es! —
Er kann auch freundlich, gut, gefällig sein;
Jedes zu seiner Zeit. Er kann das Blaue
Vom Himmel dir versprechen. Ob er's hält?
Mach, daß ihm 's nützlich ist: dann wird er's halten,
Pünktlich, gewissenhaft.

Stephanos (unheimlich berührt).
      Ein Abgrund also.

Johannes (lächelnd).
Ja; tief genug! — Doch weil er herkam, werden
Wir siegen, glaub mir; und was will man weiter?

Stephanos (horcht).
Er kommt. Er wettert noch!

Narses (draußen).

Ich will's so! Hörst du?
(Tritt hinten mit Palladius ein; schlank, hager, nicht groß; noch
nicht grau.)
Es soll nicht gehn wie unterm Belisar;
Ein jeder Krieger meines Heers soll wissen,
Daß ich viel Geld hab', daß er seine Löhnung
Am richt'gen Tag bezieht! Wohin wir kommen,
Soll jeder wissen: wer zum Narses geht,
Wird mehr als gut gezahlt und gut gehalten!
(Thut ein paar Schritte, wie noch erregt.)
Die Heruler! Was wollten die?

Palladius (etwas verschüchtert).

Mein Feldherr,
Sie sind empört — so sagen ihre Führer —
Weil du den Heruler hast richten lassen,
Der seinen Knecht selbstherrisch umgebracht.
Sie sei'n von dir geworben, deine Krieger,
Doch auch ein Heer für sich, das sich nach eignem
Germanischem Recht regiert.

Narses.

So sagen sie.
Was weiter?

Palladius.

Und sie wollen nicht mehr mitziehn,
Wenn du sie nicht versöhnst.
(Narses lächelt ruhig vor sich hin.)

Johannes (nach einer Stille).

Was willst du thun,
Erlauchter Feldherr?

Narses.

Dir 'nen Auftrag geben.
Geh gleich, eh's völlig Nacht wird, ruf' im Lager

4*

Zunächst dem Standplatz dieser Heruler
Mit deiner Stentorstimme aus: das Heer
Zieht morgen, acht Uhr, nach Salona weiter;
Wer Antheil haben will an Ehr' und Beute
Und Sieg, der sei bereit! Gewartet wird nicht!

    Johannes (bedenklich).
Vergieb. Sonst nichts?

    Narses.
 Was noch?

    Johannes.
        Den Herulern
Sonst keine Antwort?

    Narses.
 Nicht ein Wort.

    Johannes.
         Das reizt
Sie furchtbar. Dann verlierst du sie gewiß —

    Narses (lächelnd).
Willst du mich noch Germanen kennen lehren?
Was woll'n sie auf der Erde? Ehr' und Beute.
Gieb ihnen beides, so verkaufen sie
Ihr alt Germanenrecht, ihr Vaterland,
Und was noch sonst dazu! — In meinem Heer
Will ich allein befehlen.
 (dem Johannes gemüthlich auf die Schulter klopfend)
      Freund Johannes,
Sag's ihnen deutlich! Geh!
  (Johannes hinten ab.)
        Germanen! — Ja,
Das Volk der Völker, wenn sie einig wären;
Da steckten sie uns all' in einen Sack.
Doch jeder hat ja seinen Kopf für sich,

Und jeder Stamm geht seine eigne Straße,
Und jeden Tag giebt's neuen Bruderkrieg.
Und wovon leben wir? Daß uns Germanen
Gegen Germanen helfen! Draußen liegen
Die Heruler; und komm' ich nach Salona,
Ziehn mir Gepiden zu und Langobarden —
Vettern der Gothen, alle! Mit den Vettern
Schlag' ich das Gothenreich entzwei!

Stephanos.

       Gott gebe,
Daß sie so bleiben.

Narses.

     Und Gott geb' uns Geld!
Ich sagte in Byzanz zum Justinianus:
„Erhabner, gieb mir Geld, viel Geld, so schaff' ich
In einem Jahr dir mehr, als Belisar
Mit wenig Geld in fünfen. Willst du nicht,
So bitt' ich, laß mich dir als Troßknecht dienen:
Da nütz' ich mehr!" — Da lacht' er. Dann gelobt' er
Mit einem heil'gen Eid — der Erzbischof
Von Rom stand auch dabei —: „ich will in Gold
Dich tauchen, Narses; nur gelob mir, daß
Du mir Italien heimbringst!" (lächelnd) Das gelobt' ich. —
Jetzt muß ich's halten!

Palladius.

      Gegen deine Kriegskunst,
Was kann ein Totila?

Narses.

   Der Totila
Hat Muth; hat Geist auch. Doch er glaubt zu sehr an
Das Schicksal und die Menschen.

Stephanos.

      Und bei uns
Ist die gerechte Sache!

Narses
(schaut ihn lächelnd an, macht ein paar Schritte, kommt zurück).
Laß die Andern
So denken; du und der und ich, wir dürfen
Wohl wissen, wie es ist. Die Kaiser haben
Das Reich der Gothen in Italien
Geduldet, als sie mußten; anerkannt,
Als sie's für nützlich hielten; und nun wollen
Sie's nicht mehr dulden oder anerkennen.
Sie wollen diese Ketzer und Barbaren
Ausrotten, wenn es geht; ob Recht, ob Unrecht.
So denkt Byzanz; und wir sind seine Krieger
Und thun, was man befiehlt!
(Legt dem etwas verwirrten Stephanos die Hand auf die Schulter.)
So ist die Welt. —
Für heut genug. (Entläßt ihn freundlich.) Palladius!

Palladius (während Stephanos hinten abgeht).
Mein Feldherr.

Narses.
Die Nacht ist da. Es wird ein Wagen kommen,
Ein Mann darin, den niemand kennen soll.
Hält der geschloßne Wagen (nach links deutend) dort am Zelt,
So führ' den Mann herein. Er wird verhüllt sein,
Und auch für dich. Nach einer Stunde, oder
Wie lang' es dauert, führst du ihn zum Wagen
Zurück und aus dem Lager in die Nacht.

Palladius.
Wie du befiehlst.
(Ein Krieger des Narses öffnet den Vorhang links, bleibt dort
schweigend stehn.)

Narses.
Der Wagen schon gekommen?
(Der Krieger bejaht.)
So geh.
(Palladius links ab; der Krieger folgt ihm.)

Nur her damit! Da kommt so einer,
Wie wir sie brauchen: der aus Neid und Haß
Sein Volk verräth!

(Palladius läßt den tiefverhüllten, in einen unscheinbaren Mantel gewickelten Asbad eintreten, verschwindet dann, den Vorhang schließend. Asbad enthüllt sein Gesicht und wirft den Mantel zurück.)

Du bist der Asbad.

Asbad.

Ja, Herr.

Narses.

Sei mir willkommen und gegrüßt. Ich freue
Mich jedes Gothen, der aus Einsicht und
Hochsinn zum Kaiser in Byzanz zurückkehrt
Als seinem rechten Herrn. (Giebt ihm die Hand.)

Asbad.

Um ihm und dir
Nach meinem Werth zu nützen, muß ich noch
Verstohlen kommen und noch wieder gehn.
Bis zu dem Tag, an dem ich laut bekenne:
Asbad ist bei den Griechen!

Narses (ladet ihn ein, sich zu setzen).

Und die Gothen —
Sie traun dir noch?

Asbad.

Nicht viele. Fast nur einer;
Doch der gebietet.

Narses.

Totila.

Asbad (bejaht).

Es hat
Ihm eingeleuchtet, was ich ihm erklärte,
Eh ich von Rom ging: eine böse Zunge,

Ein Krittler sei ich, doch ein guter Gothe;
Und woll' nun meine Zunge mehr behüten.
(mit wildem, finsterem Lächeln)
Drauf hat er mir verziehn — er mir! — und mich
Ostwärts ans Meer geschickt mit einem Auftrag,
Wie ich ihn wünschte. Dort, mit gutem Vorwand,
Ging ich zu Schiff. So bin ich hier.

Narses.
Wir werden
Wohl einig, Asbad. Was du werth bist, weiß ich.
Du willst bei uns Ansehn und Größe finden —

Asbad.
Und Großes dafür thun!

Narses.
Beginnen wir
Mit dem. Was kannst du thun?

Asbad.
Ich kann —

Narses.
Doch erst
'nen Becher guten Weins. (Schenkt ein.) Auf gute Freund=
schaft!

Asbad.
Das ruf' ich auch! (Sie trinken einander zu.)

Narses.
Schau, eure Flotte. Nichts
Hat Totila gethan, das halb so gut ist,
Wie daß er sich dies Kriegsgeschwader schuf.
Ich kann nicht übers Meer! Ich muß zu Land
Den weiten Teufelsweg ziehn, weil das Meer
Dem Totila gehört!

Asbad.

Der Oberste der Flotte
Ist mir verpflichtet. Ich gewinn' ihn dir.
Nicht heut, nicht morgen. Aber — laß mir Zeit!

Narses.

Ich kann den Mann auch später brauchen. Gut. —
Was noch?

Asbad.

Am Tag der blutigen Entscheidung
Kann ich mit meinem Haufen — anders ziehn,
Als mir befohlen ward, der Gothen Schlachtplan
Verwirren, ihre schwache Zahl noch schwächen,
Den Sieg dir sichern.

Narses
(von einem Gefühl des Ekels ergriffen, erstickt es; lächelt).
Gut. — Das wär' schon gut.

Asbad.

Doch wenn der Gothen Macht sich theilt, so wär'
Dir gut, zu wissen, wo der Teja steht;
Denn — tüchtig ist er, muß ich selbst bekennen.
Am Besten, du vermeidest ihn und wirfst dich
Mit deiner ganzen Macht auf Totila:
Der hat nicht Teja's Kopf!

Narses.
Ein guter Rath.
Sehr gut. Sehr gut.
(nach einem lauernd forschenden Blick)
Doch da wir so gemüthlich
Beim Becher sitzen, will ich dir gestehn:
(schenkt wieder ein)
Ich hoff' noch, Teja kommt.

Asbad.

Zu dir?

(Narses nickt. Asbad steht unwillkürlich auf.)

Die Glauke!

Narses (lächelt).

Du weißt?

Asbad.

Ich — ahnte nur. — Ich fragte Glauke.
Die lachte drauf und sagt', ich sei wohl toll.

Narses.

Sie ist ja doch nicht dumm. — Doch ich, um dir
Zu zeigen, Asbad, daß ich dir vertraue,
Ich sag' dir, wie es steht. Ich hab' ihr Großes
Geboten, wenn sie diesen Mann — ein Mann!
Das muß ich sagen! — auch herüberbringt.
Sie will noch mehr. (achselzuckend) 'ne Griechin! — Magst
ihr sagen:
Ich geb' „noch zehn" dazu. Dann weiß sie schon.
Das ist dann wohl genug!

(Asbad steht mit finsteren Brauen vor sich hinstarrend da. Narses
steht auf, tritt zu ihm.)

Und nun zu dem,
Was du verlangst.

Asbad (noch in seinen Gedanken).

Auch Teja —!

Narses (heimlich lächelnd).

Du kämst lieber
Allein zu uns.

Asbad.

Er kommt nicht. — Käm' er doch —

Narses.

Was dann?

Asbad.

Dann müßt' mein erst Verlangen sein:
Er darf nicht höher bei euch stehn als ich.
Was Teja wird, das werd ich auch!

Narses.

Gerecht
Und billig. Zugesagt.

Asbad.

Beschworen, Feldherr!

Narses.

Du hast mein heilig Wort.

Asbad.

In jedem Fall
Mußt du versprechen — muß ich bitten, Feldherr —:
In deinem Heer gilt keiner mehr als ich.
Du bist der Erste, Einzige, das versteht sich;
Doch einer von den Zweiten bin dann ich.

Narses.

Viel, viel verlangt!

Asbad.
Zu viel?

Narses.

Das sag' ich nicht.
Du bist der Asbad. Meinem Kaiser will ich
Die Freude machen, daß ich dich gewann.
Hier meine Hand: ein Zweiter neben mir! —
Darauf noch einen Trunk!

Asbad.
Ich dank' dir.

Narses.

Nicht doch;
Ich dir. — Du bleibst die Nacht?

Asbad.

Ich darf nicht, Feld=
herr.
Ich muß zum Schiff zurück; und dann nach Rom. —
Mög' alles glücklich enden!

Narses.

Amen, Amen. —
Du schickst mir weiter Botschaft.

Asbad.

Ja, gewiß. —
Hab eine gute Nacht! — — Und Teja —

Narses.

Wie
Wir sagten, bleibt es. — Gute Nacht. Wir scheiden
Auf fröhlich Wiedersehn!
(Geht zum Vorhang links. Lüftet ihn. Halblaut)
Palladius!
(Asbad hüllt sich unterdessen wieder ein. Narses drückt ihm die
Hand. Palladius tritt ein. Narses winkt ihm stumm, das Seine
zu thun.)

Palladius.

Mein Feldherr!

Narses.

Was?

Palladius (leise)

Die Heruler —

Narses (lächelnd).

Das wußt' ich.

Palladius.

Sie schicken Botschaft: morgen ziehn sie mit.
Ihr Führer —

Narses.

Ja, schon gut. Sie soll'n nur kommen!
(Winkt ihm, zu gehn. Palladius links mit Asbad ab. Narses sieht dem Asbad nach.)
Den hat die Leidenschaft. — — Nun geh' ich schlafen.
(Trinkt aus. Geht dann auch links ab.)

Verwandlung.

Rom. Auf dem Palatin. Ein Garten der ehemaligen kaiserlichen Paläste, verwildert und zum Theil verwüstet; fast nur noch Steineichen und Lorbeergebüsch, ein paar halbzerschlagene Marmorbilder, am Fuß der vordersten Steineiche eine Marmorbank. Hinten der Palastbau, in welchem Totila wohnt, mit Säulen vor dem Eingang; links ein kleinerer Bau, des Teja Wohnung. Beide Gebäude sind zum Theil zerstört, mit einem wohlerhaltenen, bewohnbaren Kern. Gothisches und römisches Volk, festlich gekleidet (doch keine große Menge), wandelt im Garten umher, verliert sich nach rechts oder links, kommt wieder. Filimer steht an der vordersten Steineiche, nach hinten spähend; Eutharich kommt aus Totila's Palast, auch im Feierkleid.

Filimer.

Ist er das? — Ja, endlich! (Eutharich geht nach vorn, will dann rechts ab; Filimer tritt hinter der Eiche hervor.) Gottes Gruß, Eutharich.

Eutharich.

Christus, Gottes Sohn, bin ich erschrocken! — Wo hast du gesteckt?

Filimer.

Du sahst ja nichts; hatt'st ja keine Augen. Sahst dich wohl noch (nach hinten deutend) drin beim Totila, mit ihm und seinen großen Männern große Becher trinkend. Habt ihr zur Feier seines zehnjährigen Königthums euch einen Rausch angezecht?

Eutharich (schüttelt den Kopf).

Ich bin unbegreiflich nüchtern, Filimer; beinah so nüchtern wie du. Und ich hab' doch rechtschaffen mitgetrunken; ist doch immer ein großer Tag!

Filimer.

Wie man's nimmt.

Eutharich.

Zehn Jahr' König! — Und am zehnten Jahrestag (umherblickend) auf dem Palatin, wo die alten römischen Kaiser wohnten; und das römische Volk spaziert zur Feier in seinem Garten umher —

Filimer (lacht höhnisch).

Ja! Sieh sie dir an. Sind einander werth: der Palast, der Garten und das römische Volk!

Eutharich.

Etwas abgeknabbert, ja. — Sterblich sind wir alle.

Filimer.

Wenn Eutharich nur die Ehre hat, mit an des Königs Tisch zu sitzen und königlichen Falerner zu saufen!

Eutharich.

Ich bin ein dankbarer Mensch für Ehre; das ist doch kein Wunder. Die Ehre läuft mir sonst nicht nach. Sie und ich, wir sehn uns selten. Der Wein hat meiner Nase und meinem Ansehn geschadet: das ist schmerzlich, Filimer. Darum dank' ich dem Teja; der hat mir die Einladung heut erwirkt. Eigentlich Glauke: sie hat den Teja!

Filimer.

Ist Teja noch beim König?

Eutharich.

Ja. Die Meisten sind fort. Als das Festmahl aus war, saßen wir noch so hier und da herum; viele um den König, viele um den Teja. Es sah eigentlich so aus, als hätten wir zwei Könige; — Teja strahlte, er war wie 'ne Sonne! — Bei uns, die wir um den König saßen, fingen einige Schwerbezechte an, so halblaut auf Teja zu sicheln, daß er so ganz „verglauft" ist, wie einer sagte, und daß sie (auf das Gebäude links deutend) jetzt da bei ihm wohnt. Aber Totila — auch ein echter König! — der kriegte das Stirnrunzeln und winkte so mit seiner Hand; da wurden sie mäuschenstill.

Filimer.

Jetzt setz' dich hier auf die Bank, Eutharich. Ich hab' nicht auf dich gewartet, um von diesen Kindereien zu hören; es giebt ernstere Sachen. Asbad läßt dich grüßen. Er kommt morgen oder übermorgen vom Ostmeer zurück. Und er läßt dir sagen: du sollst thun, was du ihm versprochen hast, und ausführen, was er verlangt. Und sollst heut hier und überall verbreiten: es sei eine ausgemachte Sache, nach Belisars Abgang zögen nun alle oströmischen Truppen aus Italien fort. Der Krieg sei vorbei!

Eutharich (vor Unruhe zitternd).

Filimer!

Filimer.

Was giebt's?

Eutharich.

Ich versteh' es nicht. Warum soll ich das? Was will er? Was will er?

Filimer.

Frag doch nicht lang', was er will. Halt du nur dein Wort!

Eutharich.

Ich hab's ja nur gegeben, weil er mich so zwickte. Heilige Maria! Wie hat er mich in der Hand. Gott schütz' dich vor dem Wein, Filimer. Ich glaub', ich hab' einen Goldberg vertrunken! Und Asbad hat mir geliehn und geliehn — wie ein Bruder, sagt' er — und ich sollt' nur mein junges Leben genießen, sagt' er — und nun hat er mich so in der Hand. Es giebt leider Gesetze bei uns!

Filimer.

Ja, es giebt Gesetze. Darum halt' dein Wort!

Eutharich.

Was will er? Was will er? Und warum soll ich das in der Stadt verbreiten? Es sind doch auch andere da. Du!

Filimer.

Wir thun auch das Unsre. Aber Asbad schreibt: dem Eutharich hören sie gerne zu. Und dem Eutharich glauben sie. Das ist sein besonderer Werth.

Eutharich.

O Christus, Gottes Sohn, daß ich diesen Werth hab'! Hätt' ich den doch nicht!

Filimer.

Also „die Oströmer ziehn ab". Geh umher, erzähl's. Mach fort!

Eutharich.

Ich versteh's nicht — warum das —

Filimer.

Ist auch nicht nöthig, Mann! (Sieht Hunimund und Hilderich, die mit andern Gothen lustwandelnd von hinten rechts kommen.) Da sind unsre Leute. Geh zu! (mit Absicht die Stimme hebend) Also nach Belisar auch die Andern! Gut, gut!

Hunimund.

Was erzählt ihr da vom Belisar?

Filimer.

Eutharich erzählt's. Es soll ganz gewiß sein.

Hunimund.

Was denn? — Eutharich!

Eutharich (ein letztes Zögern überwindend).

Ich — ich denke, das wißt ihr auch. Die Oströmer — (Stockt.)

Hunimund.

Was denn?

Eutharich.

Die oströmischen Truppen — (Stockt wieder.)

Hunimund.

Nu ja, also, was ist mit denen?

Filimer.

Eutharich sagt, sie ziehn ab.

Hunimund.

Ziehn ab? (Schüttelt Eutharich am Arm.) Von wem hast du das gehört?

Eutharich (sich zusammennehmend).

Es kommen ja doch Leute nach Rom. Mich kennt jedermann. (Hunimund nickt.) Mir erzählt man vieles. (Hunimund nickt.) Alle oströmischen Truppen werden fortgenommen —
(Glauke erscheint links in Teja's Thür, festlich gekleidet wie alle, und horcht. Teja kommt aus Totila's Palast, mit einem andern Gothen.)

5

Hilderich.

Werden fortgenommen? Und wir um den König hören, Narses, der neue Feldherr, soll schon in Dalmatien stehn.

Eutharich.

Ob der in Dalmatien steht, davon weiß ich nichts. Da soll er dann wohl Wache stehn. Der Byzantiner nimmt seine Kriegsleute nach Hause, und der Krieg ist aus!

Teja.

Was sagst du da? Der Krieg ist aus?

Eutharich
(wird vor Teja verlegen; bemüht sich, es zu überwinden).

Es wird behauptet, Feldherr.

Filimer.

Eutharich hat's gehört.

Eutharich.

Ja — es fliegt durch die Stadt!

Teja.

Sag das auch der kleinen Hausfrau dart. (Führt Eutharich zu seiner Thür.) Eutharich behauptet —

Glauke.

Ich hört' es schon. Ich stand hier.

Teja.

So behielte
Die Glauke Recht, die mir's schon lang' gesagt —

Glauke.

Doch Teja glaubte nicht!

Teja (fröhlich lächelnd).

Er fängt nun an. —
Wenn sich des Königs Hoffen so erfüllte! —
(zu Eutharich) Komm, sag mir mehr davon. Wir setzen uns.
(Führt ihn zu der Marmorbank unter der Steineiche. Hunimund,
Hilderich, Filimer und die andern Gothen sind nach hinten gegangen,
eifrig redend; nach einer Weile geht Hilderich in Totila's Palast,
Hunimund nach rechts ab, die Andern nach hinten links.)

Glauke (geht zur Marmorbank nach).
Und ich?

Teja (halblaut).

Willst du hier draußen mit mir sitzen?
An diesem Tag?

Glauke.

So fürchtet Teja sich
Vor dem, was zwei, drei Gothen von ihm denken?

Teja (stolz).
Furcht? — Setz dich her. (zu Eutharich) Nun?

Eutharich (unlustig, zögernd).

Wie ich sagte —

Glauke.

Ja,
Wir hörten schon. Was weiter? Guter Teja,
's wird Frieden! Freun wir uns! und feiern wir
Den Doppelfeiertag!

Eutharich (rasch).

Das sag' ich auch.
Des Königs und des Friedens!

Teja (schaut die Beiden lächelnd an).

Ihr glaubt beide,
Was euch gefällt. — Doch sieht und hört man euch,

So kriegt man selber Lust, zum Kind zu werden
Und mitzuglauben. — Nun, so treibt zur Feier
All eure Narrethei'n! Ich hab's so gern,
Wenn ihr zwei Taugenichtse mit einander
Wetteifert, wer das beste Närrchen ist.

Glauke (neckisch empört).
Was? Ich ein Taugenichts?

Teja.
Ich dächte doch.

Glauke.
Du dächtest doch? — Von dem da lass' ich's gelten;
Doch ich?

Teja.
Ich will dir sagen, was du bist.
Du bist ein Taugenichts alswie die Lerche,
Die droben singt, statt unten was zu schaffen;
Und wie der Sonnenschein, der immer lacht,
Statt, wie's Gewölk, sich nützlich auszuweinen.
(inniger) Und wie ein zart' weich' Herz, das sagt: ich kann
Den Feind nicht hassen — kann den Freund nur lieben!

Glauke (blickt ihn zärtlich an).
So läßt sich's hören.

Teja.
Und du liebst ihn? wirklich?

Glauke.
Wen?

Teja.
Nun — den Freund.

Glauke.
Ich glaub's.

Teja.

Du weißt es nicht.

Glauke.

O Gott! Es giebt kein Fäserchen an mir,
Das noch so dumm wär', daß es das nicht wüßte.
Mir ist, als wüßt ich gar nichts mehr als dies!

Teja (drückt ihr verstohlen die Hand).

Du Holdchen.

Glauke (sieht ihn bewundernd an).
Schöner.

Teja.
Süßes Schwälbchen!

Glauke.
Adler.

Mein Königsadler du!

Teja.
Nicht schmeicheln, Glauke.
Schau, wie der lächelt.

Eutharich.
Ich? Das that ich nur,
Weil mir's das Herz wärmt, daß der große Teja
Mit seinen „Taugenichtsen" fröhlich ist.

Teja.
Rom! Meine Griechin! Und mein gothisch Herz.
So find' ich's gut! — Ich will nicht wie die Wilden
Im Norden hausen, auf der Eislandsinsel;
Da jagen Mann und Weib, und weiter nichts.
Da nährt den Säugling keine Muttermilch;
Sie hängt ihn an 'nen Baum, steckt ein Stück Mark

Von dem erlegten Wild in seinen Mund
Und jagt dann weiter!
(Eutharich und Glauke lachen.)
Wie sie silbern lacht. —
Ja, ja. Wie sangst du neulich, süße Lerche?
Die Musen banden Eros
Mit Kränzen fest und brachten
Der Schönheit ihn gefangen.
Nun will —
Ich weiß nicht weiter. Schwarzaug', so sag' du's.

Glauke.
Nun will wohl Kythereia,
Die Mutter, ihn erlösen,
Das Lösegeld, sie bringt es;
Doch wer ihn auch will lösen,
Er geht nicht fort, er bleibt dort:
Er hat gelernt, zu dienen!

Teja (schaut sie an).
Der Schönheit dienen. Ja, das ist's. Das ist's.

Glauke.
O Teja!

Teja.
Was?

Glauke.
Heut träumt' ich einen Traum —
Seltsam und süß. Wir waren in Byzanz
Am Hof des Kaisers, du und ich —

Teja (lächelt).
Auch ich?

Glauke.
Gewiß. Und alle neigten sich vor dir,
Die stolzen Hofleut' und die schönen Frauen.

„Das ist der Teja!" flüsterten sie alle;
„Der kommt zu uns! Das ist ein Freudentag!"
Und Eine war da, fein und schön, o Gott!
Wie Venus! Die sah dich so zärtlich an,
Daß meine bösen Blicke sie erdolchten.
Da kam der alte Kaiser auf dich zu,
Gab dir die Hand, wie wenn's dein Vater wäre;
„Ja," sagt' er lächelnd, „Teja ist der Grieche
Unter den Gothen! Du gehörst zu uns!"
Und plötzlich bliesen die Trompeten, und
Davon erwacht' ich.

Teja (lächelnd).
Kind, ein närr'scher Traum.

Glauke.
Ein hübscher Traum.

Teja.
Wie käm' ich nach Byzanz?

Glauke (wie arglos heiter).
Je nun. Wer weiß, wer weiß? Warum denn nicht?
(Odulf kommt eilig von rechts.)

Odulf.
Mein theurer Feldherr!

Teja.
Odulf! Bist du wieder da!

Odulf.
Eben gekommen; (lächelnd) noch ohne Athem.

Teja.
Nun, so wart' ein wenig; und dann laß hören. Wie steht's dort am Ostmeer? — Aber nein, noch warten.

Odulf.

Ich kann schon. Möcht' nur bitten: hör mich allein!

Teja.

Allein? (zu Eutharich) Dann führ' die Lerche ins Haus. (zu Glauke, mit einem zärtlichen Blick) Ich komm' bald zu dir. (Glauke, die ihren Verdruß über die Störung durch Odulf mühsam verbarg, geht mit Eutharich links ins Haus; blickt noch einmal unhold zurück.) Was hast du denn Geheimes, Odulf?

Odulf (mit gedämpfter Stimme).

Es war ein guter Gedanke, Feldherr, daß du mich dem Asbad mitgabst, als der König ihn an die Küste schickte; denn bei Gott dem Herrn, diesem Asbad ist nicht zu trauen! Eben kamen wir zusammen zurück; — ich that gegen ihn, als wüßt' ich und ahnt' ich nichts. Aber als wir drüben ans Meer gelangten und ich von ein paar Schiffern hörte, die von Dalmatien herüberkamen, daß Narses dort marschirt —

Teja.

Narses!

Odulf.

Ja, ja, es ist so. Und es geht gegen uns; so haben wenigstens die Schiffer gehört! — Heia, holla, dacht' ich, jetzt Acht geben auf den Asbad! Und ich that, als säh' ich nichts, ich sah aber alles; wie du mich's gelehrt hast. Und richtig! Beim heiligen Blut! Auf einmal war mein Asbad fort; fünf, sechs Tage fort, oder so. Als er wiederkommt, laß' ich mir nichts merken, frag' nichts und sag' nichts; und er: er hat was erkundschaftet, sagt er. Was hat er wohl erkundschaftet? Aufs Meer war er, zu Schiff; das weiß ich. Da unten bei den Sirenen und Wassergößen hat er schwerlich gehockt; drüben in Dalmatien war er!

Teja.

Was! Beim Narses, meinst du?

Wo sonst?

Odulf.

Teja
(erregt, beherrscht sich schnell).

Still! Da kommen — — Asbad? Nein. Der alte Hunimund läuft wie ein Junger daher; und drei Andre mit. Wenn Hunimund so mit den Armen fuchtelt, dann ist irgend ein Teufel los. Wollen den erst hören.... (Packt Odulf am Arm.) Odulf! Zu Schiff war er fort, das weißt du gewiß!

Odulf.

Ich sah im Mondlicht das Schiff und ihn!
(Hunimund kommt eilig mit drei anderen Gothen von rechts; gleich darauf Hilderich aus Totila's Haus.)

Hunimund.

Was für ein Teufel ist los?

Teja (leise zu Odulf).

Da hörst du's.

Hunimund.

Man will uns einreden, daß die Oströmischen ab=ziehn — und sie kommen erst. Einlullen will man uns: der Krieg sei aus; und eben meldet ein Kundschafter, hör' ich: jetzt fängt der rechte Krieg erst an!

Hilderich (tritt herzu).

Ja, der Kundschafter ist drin beim König. Sie sammeln ein großes Heer in Dalmatien, in aller Stille. Narses führt es an!

Hunimund.

Woher denn die Lügen? Will man uns friedensselig machen, bis der Feind im Land ist? Wer verbreitet das? Was für ein Teufel ist los?

Hilderich (blickt nach rechts).

Da kommt auch der Asbad.

Hunimund (arglos).

Ja, er ist zurück. Er will wohl zum König —

Teja
(mit scharfem, durchdringendem Blick auf den von rechts kommenden Asbad schauend).

Was für Teufel, fragst du? Da kommt einer. (zu Asbad) Bleib stehn, du Verräther!

Asbad.

Was? Ich?

Teja (packt ihn an der Brust).

Ja, du. Höllischer Verräther! — Ihr Waffengenossen, hört. Der Mann kommt vom Narses. Drüben in Dalmatien war er.

Hunimund.

In Dalmatien!
(Totila kommt aus seinem Palast, Mathasuntha folgt ihm.)

Teja.

Um sich an den Feind zu verkaufen — und uns dazu. Du Hund, du Verräther!

Asbad
(aus der ersten Betäubung erwacht, reißt sich los).

König Totila! Schütz mich vor dem Mann da; der Wahnsinn ist in ihm los. Er greift an mein Gewand und an meine Ehre. Ich rufe den König an!

Totila.

Was giebt's hier? Warum nennst du ihn Verräther?

Teja.
Nun, weil er's ist. Hier steht der Zeuge. Laß
Ihn leugnen, wenn er's wagt, daß er zu Schiff
Hinüber war zum Narses. Hier vor Odulf,
Hier soll er's leugnen!

Asbad.
Nein, ich leugn' es nicht.

Teja (zu Totila).
Du hörst!

Asbad.
Jawohl, mein König, hör mich an.
Als ich zur Küste kam, da bracht' ein Schiffer
'ne Botschaft, die mir wie ein Märchen klang:
Es lagre drüben in Dalmatien Narses
Mit einem Heer, das täglich größer werde,
Und wolle nordwärts nach Italien ziehn.
Ich, völlig unklar: lügt der Graukopf? ist's
Ein Schiffermärchen? doch von Sorg' bedrückt:
Wenn's Wahrheit wäre? wenn sich heimlich dort
Ein schwarzes Wetter für uns vorbereitet?
Ich faß' mich rasch. Ich mieth' ein schnelles Schiff,
Doch ganz verstohlen; niemand soll erfahren,
Dacht' ich, daß übers Meer ein Gothe schwimmt,
Um seinem König Wahrheit zu erkunden:
Dem Narses bleib' der Glaub', wir wissen nichts!
So fuhr ich hin. Und richtig! Dort gelandet
Und gut versteckt, mit diesen Augen sah ich
Des Narses Lager, hart am Meer. Ich ging
Und fragt' und forschte; alles wahr! Sie wollten
Geräuschlos weiter, durch Venetien
In unser Land herein! — Dies meinem König
Zu melden, kam ich eben; kein Verräther,
Beim Heiland, sondern dein getreu'ster Gothe!

Totila (zu Teja).
Du hörst.

Teja.

Ich hör's. — Warum verbargst du das
So fest vor Odulf, bis zu dieser Stunde?

Asbad.

Was ist mir Odulf? Für den König that ich's,
Und bis ich dem berichtet, blieb's Geheimniß.

Totila (zu Teja).

Du hörst. — Auf Kundschaft gehn, wie er gethan,
Heißt nicht verrathen, deucht mir.

Teja.

Totila!

Er lügt!

Asbad.

Verleumder! Lügner du!

Totila (zu Teja).

Ich bitt' dich,
Beweise — sonst sei still.

Teja.

Du glaubst ihm?

Totila.

Ja.

Teja.

Und wenn du zehnmal glaubst, ich sag' doch zehnmal:
's ist ein Verräther!

Totila (jäh aufwallend).

Du vergißt dich, Teja.

Ich bin der König!

(Teja zuckt zusammen; beherrscht sich dann augenblicklich. Verneigt
sich stumm, feierlich. Totila schweigt eine Weile, steinern, kalt.)

Und mein Glaube schützt ihn.
Wär' jeder Krittler, Nörgler ein Verräther,
So gäb's im Land nicht viele Gothen mehr. —
Du denkst nach deiner Art, ich hab' die meine.
Auf Wiedersehn, wenn wir den Krieg berathen.
(Geht nach hinten.)

Teja (nach einer Stille).
Mein König Totila!
(Totila bleibt stehn. Teja eilt ihm nach.)
So geht's nicht, König.
Wenn wir wie Brüder waren, können wir
So starr und kalt nicht auseinandergehn. —
Ich bitt dir ab. Ich war ein Tölpel. Ich
Vergaß das Schweigen. Ja, du bist der König —
Und unsre Sonne! unser Trost! Das ist
Die Hauptsach; alles andre nichts. Und Keiner
Soll dir ergebner, treuer, besser dienen!

Totila.
O Teja! (Umschlingt ihn, drückt ihn an die Brust.)

Teja (in tiefer Bewegung lächelnd).
Nun ist's gut.

Totila.
Ja, nun ist's gut.

Teja.
Für immer!

Totila.
Ja. — Komm, laß uns gleich berathen.
Und wo die größte Arbeit und Gefahr ist,
Da mußt du hin.
(sich zu den Andern wendend)

Der Krieg lebt weiter; gut denn!
Belisar ging und Narses wird vergehn.
Das Reich der Gothen bleibt! — Mein Bruder, komm.
(Geht voran, in den Palast. Dem nachfolgenden Teja tritt Mathasuntha
in den Weg, die erregte Stimme dämpfend.)

Mathasuntha.

Du bist doch einer von den Edlen, Guten.
Hab Dank!

(Drückt ihm die Hand. Erblickt dann Glauke, die wieder in Teja's
Thür getreten ist, zieht sich zusammen, wendet sich rasch und geht in
den Palast. Teja geht ihr schweigend nach. Von ihm ungesehn tritt
Asbad zu Glauke und begrüßt sie. Der Vorhang fällt.)

Vierter Aufzug.

Verona. Im Königspalast der Gothen. Ein nicht ohne Pracht ausgestattetes Gemach, mit antiken Säulen hinten, zwischen denen man in einen zweiten Raum sieht. Links zwei Fenster. Rechts eine Thür. Schöngeformte (antike) Sessel; ein Ruhelager. Tisch mit Wein.

Am Fenster sitzt Glauke, in ihren tiefen Sessel zurückgelehnt, mit geschlossenen Augen. Eutharich kommt von hinten rechts, durch die Säulen.

Eutharich (sieht Glauke).

Schon wieder so. — Müd' oder unvergnügt? (Tritt ihr leise näher.)

Glauke (öffnet die Augen).

Teja?

Eutharich (schüttelt den Kopf).

Eutharich, weiter nichts. — Beim Teja sind noch die Abgesandten der Franken.

Glauke.

Noch? (Gähnt.)

Eutharich.

Du langweilst dich.

Glauke (spottend).

Was du sagst. — Ich wollt', ich wär' irgendwo weit, weit im Osten und lachte euch alle aus!

Eutharich.

Und Verona, sagt man doch, ist 'ne hübsche Stadt.

Glauke (aus dem Fenster deutend).

Ach du Dummer, was geht mich dies Verona an. Ich hab' keinen Teja! Wann hab' ich Teja? Gesandte kommen, Boten gehn, Hauptleute reden ihn todt — oder er reitet fort. Er reitet den ganzen Tag; Gott der Allwissende weiß, wohin! Kommt er Abends heim, so hat er die Augen schon halb geschlossen, sinkt erschöpft aufs Bett. — Das ist mein Verona!

Eutharich.

Das ist der Krieg. Und das ist Teja der Kriegsmann! — Totila wußte wohl, warum, als er den besten Mann mit dem besten Volk nach Verona schickte. Soll der Feind nicht ins Land herein, so muß man ihm die Wege verrammeln! Und sie sagen ja alle, die's verstehn und die's nicht verstehn, da hat der Teja Wunder gethan. Den ganzen Padus hinunter, an der Athesis alles mit Teufelskunst verbaut; Abstürze, Verhacke, Gräben, jeden Sumpf und jede Wasserlache ausgenützt. Und sein kleines Heer so geschickt vertheilt. — (Glauke gähnt ihm ins Gesicht.) Kurz, es ist mir gelungen, dich zu unterhalten, und ich ziehe mich in die Beredsamkeit der Fische zurück.

Glauke.

Zuweilen denk' ich, da schwatzt ein griechischer Possenreißer, kein Gothe. (Steht auf, legt ihm eine Hand auf den Arm.) Nun horch aber einmal auf, Eutharich. So als Tejas Witwe will ich nicht mehr leben! Er soll wieder wie in Rom — — er soll — — (Bricht ab.) Kurz, dazu brauch' ich dich.

Eutharich (wird unruhig).

Was kann ich dabei?

Glauke.

Was sagte dir Asbad in Rom beim Abschied? „Du wirst nun in Verona und weiter thun, was Glauke will. Dann geht dir's gut; sonst todtschlecht!" — Mach' nicht dies Laokoonsgesicht. Was verlang' ich denn? Du sollst nur dem Teja erzählen, wenn du mit ihm ausreitest, daß du um mich Sorge hast: ich werd' elend, krank, ich will's nur nicht zeigen. Ich härme mich heimlich, weil ich ihn nicht habe, und das macht mich krank. Ich klage nicht, weil ich ihn nicht bekümmern will, aber um so mehr werd' ich krank.

Eutharich.

Das alles soll ich —?

Glauke.

Ja. Reicht dazu dein Gehirnchen nicht?

Eutharich.

O Gott! — Asbad! Asbad!

Glauke.

Ich heiß' Glauke.

Eutharich.

Ihr macht mit mir, was ihr wollt! — Warum soll ich lügen? Du bist gesund wie der junge Tag.

Glauke.

Ich will aber krank sein.

Eutharich.

Wenn ich nüchtern bin, lüg' ich nie. Warum soll ich jetzt damit anfangen, da die ersten grauen Haare kommen? — Was willst du mit Teja? — Hätt' er dich lieber nie gesehn. Oder hätt' er an dem ersten Abend in Rom —

Glauke.

O du Narr! Und all' die Zeit seitdem warst du mit dabei! wie ein Satyrchen im Bacchuszug!

Eutharich.

Bin ich denn ein Charakter? Hab' ich festen Willen?

Glauke.

Sei ruhig: den hab ich. Du brauchst nur zu thun, was ich will! Und nun hör' noch einmal — Wer kommt?

Eutharich (erleichtert).

Teja! der Ersehnte!
(Teja kommt mit Hunimund von hinten rechts durch die Säulen; verdüstert und abgespannt.)

Glauke.

Teja! (Läuft ihm freudig, jugendfrisch entgegen; besinnt sich dann und bleibt mit einem zart leidenden Ausdruck stehn.) O Teja!

Teja (legt ihr die Hände auf die Schultern).

Schwälbchen. Was ist? Was fehlt dir?

Glauke.

Nichts, nichts, nichts! — Sind die Franken fort?

Teja (bitter lächelnd).

Ja, ja. Das ist auch vorbei! — Gute Nachbarn, die Franken. Von uns nehmen, gern; geben — das wär' dumm. Und der Franke, der ist nicht dumm! — Ein Bündniß mit uns gegen die Byzantiner, warum nicht; aber sie müssen dann die Oberherren in Italien sein. Es giebt keine Brüderschaft zwischen Germanenvölkern; jeder ist jedem feind! — — Ja, sie sind fort. Fahrt wohl!

Hunimund (zu Teja).

Wir müssen uns allein helfen wie bisher.

Teja.

Mir recht, Hunimund! Ich nehm' jedes Schicksal an! (gegen seine innere Unruhe kämpfend) Aber — wo nur der Odulf bleibt. Schon vier Tage fort. — Ich versteh's nicht mehr: alles ist zehnmal gegen den Feind bereit — es fehlt nur der Feind. Er kommt nicht! Er kommt nicht! Meine Reiter erreiten ihn nicht. Ein Heer liegt doch nicht im Wochenbett. Wo liegen sie? Wo sind sie? — — Hab' mir die Kehle trocken geredet. Einen Becher Weins.

Eutharich.

Edler Teja, sogleich! (Geht.)

Glauke (ihn zurückweisend).

Willst du wohl! Den holt die Frau. (Geschwind zum Tisch, füllt ein Glas mit Wein, bringt es dem Teja, der sich gesetzt hat.) Wär' ich selber wie ein Feuerwein und könnt' ich dich stärken!

Teja

(lächelt sie an, aber mit etwas gleichgültigen, müden Augen).

Thut nicht noth; bin doch stark genug.

Hunimund.

Unser Held! — — Es könnt' ja doch auch sein, daß der Feind —

Teja.

Was, was könnt' sein?

Hunimund.

Daß dem Narses wie dem Belisar der Athem ausgegangen wär'; Geld und Mannschaft, mein' ich —

(Odulf tritt durch die Thür rechts ein.)

Eutharich.

Da ist der Odulf!

Teja (springt auf).

Endlich! — — Machst aber kein Triumphatorgesicht. Nun, heraus damit. Ist Narses über uns weggeflogen und schon da unten in Rom?

Odulf.

Nein; aber in deinem Spaß ist ein viertel Ernst. Ueber uns weggeflogen nicht — aber doch vorbei!

Teja.

Vorbei?

Odulf.

In Ravenna.

Teja.

Nein!

Odulf.

Ich sag' dir kein Wort, das ich nicht beschwören kann. König Totila's Meinung war: hart am Ufer des Meers kann der Feind nicht marschiren; so viele breite Flüsse münden da, über die kommt er nicht hinweg! Aber Narses half sich; und wie! Neben seinem Heer zog 'ne Wolke von Barken und Kähnen mit; so marschirten sie immer hart am Meer, wo wir sie nicht suchten. Kamen sie bei einer der großen Flußmündungen an, da ward aus den Kähnen geschwind 'ne Schiffbrücke gemacht: über die ging der Zug. Und so zogen sie —

Teja.

Auch über den Padus!

Odulf.

Ja.

Teja.

Bis Ravenna!

Odulf

(achselzuckend, mit verbissenem Schmerz).

Ich hab's nicht geglaubt. Es ist so.

Teja (geht umher).

Hm! — — Tüchtige Leute sind's! Belisar; Narses. — Etwas dunkler wird's um uns; das fühlt sich. Na-

venna — und von Ravenna gegen Totila — und was
thun wir, wir, wir? (Zerrt unruhig an seinem Gewand.)

Hunimund.

Es ist, wie wenn böse Geister über uns spotten —

Teja.

Der böse Geist sitzt in Narses' Kopf und heißt sein
Verstand! (zu Odulf) Was weißt du vom König?

Odulf.

Neues nicht. So weit in die Welt hinein konnt' ich
doch nicht reiten. Es kam mir nur ein verirrter Bote in
den Weg, im Apennin lang' herumgehetzt; von des Königs
Schwester an dich abgeschickt —

Teja.

Von Mathasuntha! — Was bracht' er?

Odulf.

Altbackene Nachrichten. Sonst nur diesen Brief. Mehr
ein Fetzen Pergament als ein Brief —

Teja.

Gieb her! (Nimmt und öffnet.) Laß dir zu trinken
geben. (Liest, während Eutharich dem Odulf einschenkt und dann
selber trinkt. Abgewandt, für sich.) „Mathasuntha an Teja,
während kurzer Rast. Dein und Totila's Wille war, daß
ich in Rom oder irgendwo im Müßiggang zurückbliebe;
aber ein Weib hat Willen wie ihr. Ich zieh' mit dem
Totila. Ich will mit euch Männern siegen oder sterben;
das kommt der Schwester des Königs zu. Wir sehn und
fühlen noch keinen Feind; wir hoffen, ihn da zu treffen,
wo auch du ihn triffst. Geb' uns Gott Gelingen!" (Ergriffen, sinnt und nickt vor sich hin.) In der sind zwei Totila's.
— Die wär' eine Königin! — — Und das Schicksal reißt
den Einen hierhin und den Andern dahin . . .

Glauke (tritt zu ihm).
Nachrichten, die meinen Teja nicht freuen?

Teja (etwas unwillig abwehrend).
Laß. Ich lese noch.

Glauke (tritt hinweg. Für sich).
Er las nicht mehr. — — Ich muß ihn endlich, endlich fassen — eh er mir entschlüpft!

Teja
(steckt den Brief in sein Gewand. Zu den Männern).
Also was thun wir nun? — Dem Totila helfen; aber wo? Wohin? — Das muß wohl bedacht sein; und dann rasch gethan. Jeder von euch überlegt's; in einer Stunde, oder einer halben, (nach rechts deutend) trefft ihr mich da drinnen. (die Hand an seiner Stirn) Laßt mich eine Weile ruhn; dann hab' ich wieder einen frischen Kopf.
(Hunimund, Oduli, Eutharich rechts ab. Teja geht zum Fenster, lehnt sich in einen Sessel zurück.)

Glauke
(kommt zu ihm, sinkt in die Knice, schmiegt sich an ihn. Mit ihrer weichsten, holdesten Stimme).
Mein Teja. Gilt dies Wort auch mir? Willst auch
Vor Glauke Ruhe haben?

Teja (unentschlossen).
Gute Glauke.

Glauke.
Sonst konnt' ich manchmal dir 'ne Sorge aus
Der Seele blasen, (in die Luft hauchend) so. Könnt' ich's
auch heut —

Teja (freundlich).
Steh auf.

Glauke.

Nein, laß mich so. Das Schwälbchen, weißt du,
In deine Hand geschmiegt. — Ich möcht' dir helfen.
Und sehne, sehne mich. Ich hab' dich nie mehr!

Teja.

Nun, nun.

Glauke.

Ich weiß nicht, ob mein Held, mein Gott,
Mein Teja mich noch liebt!

Teja.
Du Närrin. Wie
Ich war, so bin ich.

Glauke.
Wirklich?

Teja (lächelnd).
Zweiflerin.
Muß ich's beweisen?

Glauke.
Wenn du's kannst.

Teja.
Und wie
Beweist man das?

Glauke.
Indem man mit Geduld
Der Liebsten Meinung hört, die helfen möchte,
Und, wenn es sein kann, ihren Willen thut.

Teja.
Das that ich oft.

Glauke.
Und thust es nun nicht mehr.

Teja.
Warum nicht? — Sag nur. Zwitsch're. Wie der Siegfried,
Der Heldenkönig, Vogelstimmen hörte
Und ihren guten Rath, so will ich's auch.
Was singt mein Vogel mir?

Glauke.
Er sorgt um dich.
Du weißt nun: keine Hilfe bei den Franken;
Und Narses tief im Land! Sein Heer gewaltig,
Wie alle sagen; und sein Geist — — du neidlos
Begreifender, du hast ihn selbst gerühmt.
Ich weiß, er denkt auch edel. Könnt' er ohne
Den Greuelkrieg zu gutem Ende kommen,
Wie vieles gäb' er drum! — Das alles zwitschert
Mir viel im Kopf. O Teja! Wenn ich denke:
Verloren sind wir doch — mein Teja mit —

Teja.
Nun? Was denn thun?

Glauke.
Dich retten.

Teja (lächelnd).
Wie denn?

Glauke.
Wenn
Du deinen Frieden mit dem Kaiser machtest.

Teja.
Ich meinen Frieden? ich allein? (lächelnd) Ich bin
Ein Gothe, Kind.

Glauke.
Gewiß.

Teja.
Und dien' dem König.

Glauke.
O dieser Totila! Der hofft und reitet
Wie 'n blinder Reitersmann dem Abgrund zu.
Reit' ihm nicht nach! Ich bitt', ich bitte dich!

Teja.
O Weib du. Was denn sonst?

Glauke.
Der Kaiser — Narses — —
O würd's doch wie in meinem röm'schen Traum!

Teja
(horcht plötzlich auf, mit furchtbarem Ernst. Entsetzen und Argwohn
gehn über seine Züge; er beugt sich vor, so daß sie sein Gesicht
nicht sieht, und sinnt. Nach einer Weile, lauernd, mit täuschender
und prüfender Freundlichkeit).

Dein Traum. Ja, ja. Er fällt mir wieder ein.
„Der Grieche unter den Gothen —" „das ist Teja" —
„Er kommt zu uns!" — Ich soll zum Kaiser kommen.
Das meinst du.

Glauke.
Ach, wie sprichst du sanft und gut. —
Du kannst den Krieg beenden, wenn du willst;
Das mein' ich, Teja. Denn gehst du zum Kaiser,
Und deine Treuen mit, dann wissen alle:
„Der Krieg ist aus! Der blinde Reiter mag
Allein zum Abgrund reiten!" Und die Gothen,
Die sonst verlornen, segnen deinen Namen.

Teja
(die Lippe nagend, noch an sich haltend).

Du sprichst ja wie ein Staatsmann. Lerntest wohl
Beim Narses — oder Belisar. (Steht auf.) Was ist denn
Mit mir geschehn? daß diese Dirne wagt,
Zu mir, dem Teja, so zu reden? — Dirne!
Verräth'rin — Natter! — Nein, nur Dirne, Dirne!

Darum gezwitschert! Darum Liedchen, Zither,
Schönheit, Verliebtheit, Eros. Hündin! Teufel!
(Hebt die Faust gegen sie; die noch kniende Glauke duckt sich ganz
zur Erde.)
Natter! Zertreten!
(Will den Fuß auf sie setzen. Sie stößt einen seufzenden Schrei, dann
ein Gewinsel aus. Er zieht den Fuß zurück.)
Und zertret' ich sie,
Wird mir nicht besser. O die Schmach! Die Schande!
An die mein Herz gehängt! An die geglaubt,
Der dumme Gothe, an die griech'sche Hündin.
Da kniet sie hin und sagt mir: „geh, verrathe
Dein Volk in seiner Noth — laß Totila
Zum Abgrund" — — Höllennatter! (Hebt beide Fäuste gegen sie.)

Glauke
(die sich halb aufgerichtet hat, sinkt wieder zusammen).
Schlag nicht zu. —
Ich dachte nur —

Teja.
Daß ich ein Weiberknecht,
Ein Griech', ein Schurke sei. — O Mathasuntha! —
O Totila!
(Wirft sich vor dem Ruhelager nieder, den Kopf auf den Kissen.)

Glauke
(rutscht auf den Knieen zu ihm).
Ich hatt' dich lieb; beim Heiland.
Ich meint' es gut. Mein Herz —

Teja.
Und Narses.
(Steht auf, sich rasch und gewaltig fassend).
Geh!
Schlug ich im ersten Anfall dich nicht todt,
So leb nun weiter. Doch du sprichst kein Wort mehr.
Geh deinen griech'schen Weg!
(Oeffnet die Thür rechts, blickt hinein.)

Wer ist hier? — Odulf
Und Eutharich. Kommt her!
(Odulf und Eutharich treten ein.)
Die Griechin dort
Möcht' nach Ravenna ziehn. Doch mir ist lieber,
Man bringt sie nach Venetien, zu den Franken.
Dann sucht sie sich schon selber ihren Weg!
(zu Odulf) Du sorgst ihr für Geleit. Für Geld und alles.
Du bürgst mir, daß ihr nichts geschieht.

Odulf.

Ich bürg' dir.

Teja.

So geht!
(Glauke versucht noch einmal, zu reden. Unter Teja's wildem Blick verliert sie den Muth; mit plötzlichem Entschluß läuft sie rechts durch die Thür. Odulf geht ihr nach.)
Und nun zu dir. Ich will — —
Was machst für ein erbärmliches Gesicht.
Thut dir's so leid, daß — die da geht?

Eutharich.

Nein, nein.
Und wenn sie geht, wirst du schon wissen,
Warum. Es ist nur — — Eine Andre, Teja — (Stockt.)

Teja.

Was ist mit der?

Eutharich.

Die ist gekommen; eben.

Teja.

Was für 'ne Andre?

Eutharich.

Bitte, roll' nicht so
Die großen Augen. Besser, du
Erfährst es später — wenn —

Teja.

       Warum? Warum?
Mein Blut ist ruhig. Ich kann alles hören;
Und will's. Wer ist gekommen?

Eutharich.

     Mathasuntha.

Teja (als hätte er falsch gehört).

          Wer?

Eutharich (nach hinten rechts deutend).
Sie sitzt noch in der Halle. Weil du ruhtest,
Wollt' sie noch warten —

Teja (packt Eutharich am Arm).
   Mathasuntha?

Eutharich.

       Ja, Herr.
(seine Kraft zusammennehmend)
Geflohn. Der König tot. Die Schlacht verloren.

Teja
(steht einige Augenblicke wie betäubt).
Die Schlacht — — Ein schicksalsschwerer Tag. —
Mein Bruder Totila —! — — Wo? In der Halle?
Ich will sie sehn.
(Geht nach hinten. Mathasuntha kommt ihm von dort entgegen, mit Hilderich und andern Gothen; sie trägt ein Schwert an der Seite, einen Dolch im Gürtel; ihr Gesicht ist bleich. Bald kommen Veroneser Gothen mit Hunimund, auch von hinten rechts, in großer Erregung, um den Bericht zu hören; zuletzt Odulf von rechts.)
  Da bist du.

Mathasuntha.
     Ja; ich bin's noch.
Ich lebe noch. Mein Bruder nicht. —
O Teja! Teja! Gott hat uns verlassen.

Teja (mit grimmigem Lächeln).

Er liebt die Griechen, scheint's! — — Doch das sind alles
Nur Worte, Worte; jeder schmiedet
Sich sein Geschick. — Die Schlacht verloren? Wo?
Wie kamst du her?

Mathasuntha.

Taginä heißt der Ort,
Im Apennin. Da trafen sich die Heere — —
(zu Hilderich) Sprich du; ich kann's nicht.
(da Hilderich beginnen will)
Doch, ich kann's
und will's.
Wir sahn des Narses Heer; ein schlimmer Anblick:
Viel, viel gewalt'ger als das unsre schien's;
Oströmer, Hunnen, Perser, wie wir hörten,
Dazu die Völker der Germanen, die
Als Söldner gegen ihre Brüder kämpfen.
Und unser Heer so klein! und ihr noch fern!
Doch Totila — — es war ein wunderbares
Vertraun in seiner Brust; er lächelte
Mir Sorg' um Sorge weg; es war, als hätt'
Ein Engel Gottes ihm ins Ohr geflüstert:
Sei ruhig, Gott gab dir den Sieg! — Und da wir
Zweitausend von den Unsern noch erwarteten,
Er, um die Zeit bis Mittag zu gewinnen,
Ritt zwischen beiden Heeren auf das flache Feld,
In gold'ner Rüstung; Purpurbüsche wogten
Von Helm und Speer; (mühsam) du sahst ihn nie so schön.
Auf seinem edlen Schlachtroß, das so tanzte,
Als fühlt' sich's seiner werth, begann er kühn
Sein Waffenspiel dann, wie beim Fest vor Freunden;
Hoch in die Lüfte warf er seinen Speer
Im vollen Jagen, faßt' ihn in der Mitte,
Wenn er im Wirbel wieder niedersank.
Er fing ihn mit der Rechten, mit der Linken;
Er sprang von vorn, von rückwärts, von den Seiten
Vom Pferd herab und lief und sprang hinauf; —

Mir schlug das Herz vor Angst und Lust und Wonne.
Doch wie er sich's gedacht, so war's: sie sahn
So staunend zu, die Griechen wie die Gothen,
Daß keiner vortrat, keiner Angriff blies,
Der Morgen hinging wie ein Traum. — O wär's
Noch immer dieser Traum! — Nachmittag ward's,
Und die Zweitausend da: und plötzlich ließ
Der König blasen und die Gothen reiten.
Es donnerte die Erde; wie ein Sturmgewölk
Das wilde Heer von Mann und Roß dahin; —
Doch wie 'ne Mauer stand der Feind. Sie hatten
Nicht abgekocht, nicht Mittagsruh gehalten,
Sich nur in Reih' und Glied genährt; „der Gothe
Will überraschen", war des Narses Wort —
Wir hörten's später — „habt ihn fest im Aug',
Dann habt ihr auch den Sieg!" — Und ach, so kam es.
Ein Ringen ward's nun, Mann an Mann. Und noch,
Noch konnt's dem wilden Gothenmuth gelingen;
Da, links, wo Asbad
Mit seinen Tausend sollte stehn, da klafft
Die Todeslücke: weggezogen war er
In eine Schlucht, seitab — uns zu verrathen.
Als das die Griechen —

Teja.
Asbad!

Die Gothen (wild durcheinander).
Asbad! Asbad!
Verräther!

Hunimund.
Dem der König glaubte —

Mathasuntha.
Ja.
O hätt' er ihn erschlagen auf dem Palatin!
Nun fiel mein Totila! — Denn links nun wuchs es
Den Griechen wie ein Flügel: lange Schwärme

Von Bogenschützen, deren Pfeile wie
Die Wolken flogen. Und indessen Asbad
Mit Filimer zum Feind hinüberzog —
Ihm folgten Einige — sahn wir seitwärts, rückwärts
Feind' über Feinde! Waffen über Waffen!
Und einer von den Pfeilen traf
Mir meinen Totila. Er fiel zur Erde.
Als das die Gothen sahn — (Ihr vergeht die Stimme.)

Teja (in äußerer Ruhe, zu Hilderich).
So sprich du weiter.

Hilderich.
Es ist schon aus, o Teja. Denn als wir —

Mathasuntha
(bedeutet ihm, zu schweigen. Wieder gefaßt).
Als das die Gothen sahn, da gaben sie
Sich ganz verloren, wie von Gott geschlagen.
Es war nur noch ein Fliehn — ein Morden, Sterben;
Wohl viele Tausend sind dahin. Sie flohn
Mit ihrem wunden König; doch sein Geist
Verließ ihn bald. Er sah mich noch und seufzte;
Wie „Mathasuntha" klang's. Wir gruben ihm
In dunkler Nacht sein Grab. Dann flohn wir weiter. —
Nun bin ich hier. Warum? Wozu noch?
Ich weiß es nicht. Doch wie von Gottes harter,
Eherner Hand geschoben — oder von
Dem innern Wort: „du mußt, du mußt!" geführt —
So bin ich hier — und leg' das Volk der Gothen
In deine Hand.

Teja.
O Mathasuntha!
(Nimmt langsam, zögernd ihre beiden Hände. Will sie in die Arme schließen; der Muth versagt ihm.)

Hilderich.
Hör nun auch uns; und was sie nicht gesagt hat:
Des sterbenden Königs letztes klares Wort.

„Wollt ihr um's Reich noch fechten, wählt den Teja;
Kann Einer noch ein Retterkönig sein,
So kann's nur Teja!"
(zu Hunimund, Odulf und den andern Kriegern Teja's)
Volksgenossen! Wir,
Die Ueberbliebnen von Taginä, wollen
Noch nicht verzagen. Denkt ihr auch wie wir,
So laßt uns Den da, unsern besten Mann,
Zum König wählen. Denn —

Hunimund.
Kein „denn". Wozu noch.
Es sagt doch jeder „Teja", wenn er sich
'nen neuen König denkt. Ihr gothischen Männer!
Den sonnigen Totila müssen wir begraben,
Den Sieg dazu.
Doch weil wir leben, und noch leben wollen,
So laßt uns rufen: Heil dem König Teja!

Alle (durcheinander).
Heil, Heil! — Dem König Teja Heil!

Teja.
Ich bitt' euch,
Bedenkt, ihr Männer, was ihr thut. Nicht daß
Ich mich vor dieser Dornenkrone fürchte,
Die Ehr' nicht fühle, daß ihr mich erwählt —
Obwohl nur hundert erst von Tausenden —

Hilderich.
So werden alle rufen!

Teja.
Wohl. Doch denkt.
Wenn ihr den Teja wählt, so wählt ihr einen
Verzweiflungskönig, der zum Sterben führt.
Ich hab' nur noch den Todeskampf im Herzen;
Siegggläubig wie der Totila,

Das bin ich nicht; auch nicht so mild, so gut.
Den Feind vernichten, wo mein Arm ihn trifft,
Hinschlachten diese Römer, wenn sie nur
Verräth'risch mit der Wimper zucken —
Und kein Vertragen, kein Versöhnen mehr
Mit diesem giftzerfreßnen Griechenvolk —
Das ist mein Königthum!

Hunimund.
Mir recht. So mein' ich's auch.

Teja.
Und wie die Häupter der Gepiden sagten,
Als sie ausliefern sollten einen Frembling,
Den sie beschützten: „besser wär's,
Ihr ganzes Volk vergeh' mit Weib und Kind,
Als daß sie solchen Frevel auf sich lüden",
So sag' ich auch. Weg lieber mit dem Gothenvolk,
Mit den Gebornen und den Ungebornen,
Als daß wir dieser Griechenpest gehorchen!

Hilderich.
So meinen wir's. Drum wählen wir ja dich.

Teja.
Dann — gut! Dann wählt mich morgen, wenn das Volk,
So viel noch übrig, nach der Ordnung abstimmt.
Und laßt für heut uns scheiden; fest und ruhig.
Will Gott ein Wunder thun, wir nehmen's an:
Und will er nicht — so gehn wir unsern Weg!

Odulf.
Wohl, König.

Teja.
Wart' bis morgen mit dem „König".
Jetzt gute Nacht!
(Die Männer alle ab, nach rechts und nach hinten Als auch
Mathasuntha gehn will, tritt Teja ihr in den Weg, mit bittender
Geberde.)

Du bleib noch. Setz dich. Hier.
Ich kann nicht frei und menschlich athmen, eh ich
An diesem bittren Nornentag
Mein blutig Herz vor dir hab' aufgethan.
Dein Bruder Totila hat's besser!
Er traute dem Verräther Asbad —
Er fühlt's nicht mehr. Ich traute dieser Schlange,
Der bunten, schönen, und ich lebe noch!
Um die du mich verachtet hast, die Griechin —
(Mathasuntha schüttelt den Kopf.)
Fort ist sie — ein erkanntes Gift — ein Greuel —
Doch auch ein Stück von meiner Ehr' ist fort.
Was hilft nun Hassen? Ich hab' sie geliebt.
O Mathasuntha!
Ich hab' sonst starre Knie; heut muß ich nieder.
(vor ihr knieend)
Nimm deine Hände, schlag mir gegen
Die beiden Augen, die geblendeten!

Mathasuntha.
Laß das.

Teja.
Ich will's!

Mathasuntha.
Und ich will's nicht.

Teja.
Du grollst mir. Du verachtest mich.

Mathasuntha (schüttelt den Kopf).
O Teja!
Wer so im Tode lebt wie ich, der grollt nicht
So wie die Andern, die am Leben hängen.

Teja.
Und du — und du da —
Das Weib, das Gott zur Königin erschuf —

Das ich geehrt hab' wie kein Weib auf Erden —
Zu dem auch alles, was in mir
Nach oben strebte, mich mit Flügeln zog —

     Mathasuntha.
O Teja!

      Teja.
  Du bist nun so fern von mir.
Ich hab' dich zehnmal, hundertfach verloren.
Nun, da der Tod mit seinen Fittichen
Uns dunkel überschattet — da
Die Norne uns zusammenbindet,
Und ich, nun wieder Teja bis ins tiefste Mark,
Nur dich noch fühle —

     Mathasuntha.
      Teja! Teja!

      Teja.
Nun muß ich dich verlieren bis zum Tod.
Es ist nicht ungerecht. Ich stöhn' auch nicht.
Doch deine Hände — gieb sie her — ich will sie —
So schlag' ich mir mit deinen Händen
Auf diese blinden Augen! (Er thut's.)

   Mathasuntha (ihre Hände losreißend).
     Nein. Laß los.
Ich brauch' sie anders. Teja! Teja!
   (Beugt sich zu ihm nieder, umschlingt ihn.)

     Teja (sie anstarrend).
Was? Bist du toll?

     Mathasuntha.
     Nein. So gesund wie nie.
Steh auf, wenn du ein Weib willst: nimm mich.
Da wir noch leben, Teja — da du sagst,
Du fühlst nur mich noch —

Teja (steht auf; sie auch).
Mathasuntha! — Laß
Mich nicht so träumen; ich will sein, will wachen. —
Aus deinen Augen strahlt mir —

Mathasuntha.
Was sie dir
Verborgen haben all die lange Zeit.
Was in mir anfing, da wir Kinder über
Dem Abgrund jauchzten; und es wuchs und wuchs
dann —
Und schrie in Rom, als du — — und wollte sterben.
Und starb nicht. Stirbt auch nicht. O du — wie
freut mich,
Daß du so bleich heut bist. So bist du Teja.
Die dunklen Augen lieb' ich. Und wenn du
Nicht küssen willst, ich thu's. Die Augen küss' ich;
Die diese Hände schlugen! O! (Küßt sie.) Nun sind
Sie wieder Königsaugen!

Teja.
Mathasuntha!
(Küßt ihren Mund.)
Mein Weib! — —
Gott schüttet alle seine Kelche heut
Auf einmal aus. Und — nur noch sterben, dacht' ich,
Mit Ehren sterben — da kommst du und küssest
Ins Leben mich zurück. Wie Sigrun, als sie
Zum todten Helgi kam, im Grabe noch
Den Liebsten küßte. Mathasuntha! (Küßt sie.)

Mathasuntha.
Ja,
Ich folg dir bis ins Grab!

Teja.
Und ich?

Mathasuntha.

Ihr liebt nicht
So wie die Frauen —

Teja.

Glaubst du nicht?
Mir ist, als wär' ich nun der seligste
Von allen Menschen — und so bis zum Tod.
Und käm' er bald — ich leb' so viele Jahre
In dieser Stunde. Mathasuntha! so
Laß dich umfassen; Leben eng an Leben
Gedrückt; ganz einig. Wunder aller Wunder! —
Nun hängen wir so fest zusammen, denk' ich:
Hat uns der Tod genommen, so erwachen
Wir doch noch einmal, und noch einmal
Vereinen sich die kaltgewordnen Arme
Und die erblaßten Lippen!

Mathasuntha.

Ja; so fühl' ich's.
Mein König!

Teja.

O du meine Königin! —
(sie immer in den Armen haltend)
Wir retten, was zu retten ist. Zuerst
Das Gold, womit man Krieger zahlt und Waffen:
Den Goldschatz in Ticinum, den dein Bruder
Dort angesammelt; dann den größeren
In Cumä bei Neapolis. Und wie's
Dann endet, endet's. Kämpfend Gottes Spruch
Erwarten. Du mit mir!

Mathasuntha (nickt).

Gieb deine Hand:
Ich leg' sie mir ans Herz. In keiner Stunde bis
Zu Gottes Spruch verlaß' ich meinen König!

(Der Vorhang fällt.)

Fünfter Aufzug.

Kleine, felsige Hochebene am Milchberg, gegenüber dem (unsichtbaren) Vesuv. Im Hintergrund ragt eine fast nackte Felswand auf; davor Gebüsch, Gestrüpp, einige Bäume. An und in die Felswand sind ein paar Hütten gebaut; daneben stehn Zelte des Gothenlagers, das nach links weitergehend gedacht ist. Rechts ist ein Hohlweg angenommen, durch den das Gelände gegen die Ebene hinabsinkt.

———

Zwei verwundete Gothen, ein alter und ein junger, liegen vor einem Zelt am Boden, auf ihren Mänteln; **Mathasuntha** sitzt vor dem jungen auf einem Sessel und labt ihn, während **Amalafrida** ihm den Kopf verbindet. Ein dritter **Gothe** sitzt auf der Erde, links, und bessert seinen zerschlagenen Schild aus; sein linker Arm ist verbunden. Weiber kauern in und an den offenen Zelten, auch Kinder; größere Knaben, in einer Gruppe rückwärts, wurfeln am Boden. Zuweilen Trompeten oder Hörner draußen rechts.

Mathasuntha.

Thut's dir gut? (Der junge Gothe nickt.) Wohl uns, daß der Tag so schön ist, und die Sonne nicht zu heiß. — Wie ist's mit dem Alten?

Amalafrida (blickt hin).

Er schläft.

Mathasuntha.

Ich dacht's.

Amalafrida.

Wird sich wohl bald hinüberschlafen.

Mathasuntha.

Meinst du?

Amalafrida.

Zu viel Blut verloren; so ein welker Mann. Zu alt für den Krieg!

Mathasuntha.

Nun, dann war's doch ein guter Tod! — Immer schmettern die Hörner noch. (halb vor sich hin) Ich wollt', ich könnt' einmal Teja sehn.

Amalafrida.

Kannst es nicht, Königin. (nach rechts hinausdeutend) Der Hohlweg mit den Felsen versperrt's. Das Meer da unten kann man sehn, ein Stück, links vom Vesuv; aber die Viehweide, wo sie kämpfen, nicht.

Mathasuntha (lächelnd).

Amalafrida, so wart' ich!
(Eutharich kommt mit dem verwundeten, in einen Mantel gehüllten Hunimund von rechts; er stützt ihn.)

Eutharich.

Der hat auch sein Theil. Ich noch nicht; mich mögen die Pfeile nicht und die Specre auch nicht, sie sausen alle vorbei. Aber der hat's tüchtig! (Setzt ihn auf ein Felsstück, links.)

Mathasuntha.

Guter Hunimund! Wo?

Hunimund.

Laß, laß, Königin. So einen alten Leib noch verbinden? Wozu? Wenn ich nach Walhall fahr', so ist's gut!

Mathasuntha.

Du wirst noch nicht nach Walhall fahren, alter Heide; und ins Himmelreich auch nicht. Trink nur erst 'nen Schluck! (Labt ihn.)

Amalafrida
(hat Hunimunds Arme betrachtet).

Hier! — Komm, gieb die Schulter her.

Hunimund.
Laß, laß!

Mathasuntha.
Laß du dich verbinden. (herzlich lächelnd) Gehorch deiner Königin! (vor Hunimund stehend, während er von Amalafrida verbunden wird, sodaß sie absichtslos den Vorgang verdeckt) Und vom König sagst du mir nichts?

Eutharich
(der eben aus seiner Kürbisflasche trinkt).
Was ist da zu sagen? Er lebt und kämpft! — Das heißt, es wär' wunderviel davon zu sagen: so hat man vielleicht noch nie einen gothischen Mann, oder sonst ein Menschenkind, kämpfen sehn! Als wir unten am Hohlweg herauskommen, auf die Oströmischen los — denn bis an den Hohlweg können sie nicht heran; den will ich mit den Knaben da gegen Zehntausend halten —

Mathasuntha (lächelnd).
Nicht prahlen, Eutharich.

Eutharich.
Also gegen Tausend! — Da tritt der König mit drei, vier von uns vor, seine Waffenträger hinter sich; und von seinem Schild gedeckt und die Lanze schwingend ruft er die Griechen an. Die wie Bluthunde auf ihn los, in ganzen Haufen; sie dachten wohl: ist der König hin, ist der Kampf zu Ende! Und Einige sagen, sie hätten den Narses rufen hören, von weiter unten herauf: „Wer den Teja tödtet, den kleid' ich in Gold!" Aber der König — o du heiliger Sebastianus! — da sie nun alle ihre Speere nach ihm werfen, so fängt er sie auf, mit seinem Schild, als wär's nur ein Spaß, ein Waffenspiel; und springt dann vor wie der Blitz und stößt den und den auf den Grund. Und sowie sein Schild von den Speeren voll ist — es steckten bis zu zwölf darin —

Hunimund.

Vierzehn hab' ich gezählt.

Eutharich.

Ich zwölf! — So ruft er und giebt den Schild einem seiner Waffenträger und nimmt einen andern von ihm; alles wie ein Blitz! Und so macht er's wohl siebenmal —

Hunimund.

Viel öfter. Es ging stundenlang!

Eutharich.

Also zwanzigmal, wenn du willst. Und immer wieder vorgestürmt und so ein paar Schwarzhaarige niedergeschmettert, und wieder auf seinen Platz zurück! Wie mit dem Erdboden zusammengewachsen stand er dir dann da; und die griechische Meute glotzte mit den glühenden Augen, und keiner konnte heran —

Mathasuntha (in ihrer stolzen Freude).

Teja! Mein Teja!

Teja (noch draußen).

Da kommt er!

Eutharich.

Da ist er! (Lacht.) Als hätt' er gedacht, du rufst ihn, und wär' heraufgeflogen!

(Teja kommt mit Odulf, Hilderich und einem Haufen andrer Gothen von rechts; in seinem großen Schild stecken viele Speere. Er hält ihn der Mathasuntha lächelnd hin.)

Teja.

Da bring' ich dir was vom Feind; Brot ist's freilich nicht. — Mit diesem Gefecht wär's vorbei. Sie verloren so viele Leute, und wir fast nicht einen; da gaben sie's endlich auf. Narses, so sagt Hilderich, rief sie zurück. — Was willst du von mir?

Mathasuntha (in verhaltener Glückseligkeit).

Dich nur anschauen; weiter nichts. — Hast du keinen Durst?

Teja.

O doch.

Mathasuntha.

So will ich dir einschenken. Da! (Er nimmt's und trinkt ein wenig, nachdem er ihr dankend zugenickt.) Aber du spielst, du nippst ja nur.

Teja (lächelt).

Hab' schon getrunken, im Hohlweg. Mir war's nur um dein Gesicht, wenn du mir's giebst. (verstohlen zärtlich) Mein Mundschenk!

Mathasuntha.

Und bist nun nicht todesmatt?

Teja (schüttelt lächelnd den Kopf).

Nur ein wenig sitzen; das thät schon gut. (Sie schiebt ihm ihren Sessel hin, er setzt sich. Er drückt ihr, wieder halb verstohlen, die Hand.) Nun ist dem Narses gewiß nicht so wohl wie mir! (zu Allen) Ich denk', er hat sich's anders gedacht. Rom, ja, das hat er; aber uns noch nicht! Da liegt er zwei Monat' am Vesuv, vor dem kleinen Gothenheer, wie der Hund vor dem Dachsbau; was konnt' er uns anthun? Nichts. Und jetzt — vom Vesuv freilich hat er uns vertrieben; aber hier am Milchberg sind wir wie in einer Burg. So lang' uns die Flotte bleibt und immer wieder zu essen bringt —

Odulf.

So lange lachen wir noch!

Hilberich.

Und Cumä hält sich auch noch. (nach hinten am Fels hinauf deutend) Von da oben konnt' ich's heut Morgen sehn; mir war wenigstens so. (deutet nach vorne rechts) Links vom Vesuv.

Odulf (nach vorne blickend).

Der alte Vesuv ist so still.

Eutharich.

Ja, leider. Ich wollt' alle Weine trinken, die an ihm wachsen, ich, ein einzelner Mann, wenn der alte Feuerspeier sich entschließen wollt', das Lager der Byzantiner so wie einst Pompeji spurlos zu verschütten!

(Trompete draußen rechts; eine andre antwortet ganz nahe.)

Teja.

Das kam vom Feind. Was wollen sie? (zu Odulf) Frag, was es giebt.

Odulf

(geht nach rechts; ein Gothe kommt ihm von draußen entgegen, spricht leise zu ihm und geht zurück).

Ein Oberster von den Oströmern, mit einem Auftrag des Feldherrn, begehrt mit dir zu sprechen.

Teja (lächelnd).

Die Ehre ward uns lange nicht. — Geleit' ihn her. (Odulf rechts ab.) Wie steht's mit dem Vorrath, (liebevoll scherzend) Frau Schaffnerin?

Mathasuntha.

Kommen die Schiffe nicht heut Nacht oder morgen, so beginnt das Hungern.

Teja.

Sie kamen noch immer zur rechten Zeit!

Eutharich.

Aber den Weg ans Meer hat Narses uns genommen.

Teja (lächelnd, nach hinten deutend, leiser).

Da hinüber nicht. Landen sie in der Salerner Bucht,

bei Amalfi, so steigen sie in der mondlosen Nacht über die
Berge herauf!
(Johannes kommt mit einem oströmischen Krieger, der die Trompete
trägt, und mit Odulf von rechts. Teja steht auf.)

Johannes.
Du bist der König.

Teja.
Ja. (Begrüßt ihn.)

Johannes.
Und ich Johannes,
Der Unterfeldherr in des Narses Heer.

Teja (achtungsvoll).
Wir hörten oft von dir. — Und was begehrst du?

Johannes.
Mein Feldherr, deine und der Gothen Tapferkeit
Verdientermaßen ehrend, möchte nutzlos
Vergießen edlen Blutes gern verhüten.
Und da sich das Geschick für uns gewendet,
So fordert er dich auf: ergieb dich, König,
Eh euch der Hunger tödtet statt des Schwerts.

Teja.
Ich hör' wohl falsch. Wir hungern nicht! — Was hat sich
Für euch gewendet?

Johannes.
Deine Flotte, König,
Ergab sich heut dem Narses.
(Bestürzung unter den Gothen.)

Teja.
Meine Schiffe!
(Faßt sich schnell.)
Du bist ein Grieche. Griechen glaub' ich nicht.

Johannes (ruhig, kalt).
Wenn du gestattest, überzeug' ich dich.
Da draußen wartet Einer, der es dir
Erweisen kann, wenn du ihn sehen willst.

Odulf (zu Teja).
Es steht ein Mann im Hohlweg, eingehüllt
In seinen Mantel.

Teja (zu Johannes).
Wer? Der Feigling oder
Verräther, der die Schiffe führte?

Johannes.
Nein.
Doch Einer, dem ich frei Geleit bedinge,
Eh er vor dir erscheint.

Teja.
Kam er mit dir,
So hat er frei Geleit. (zu Odulf) Führ ihn herauf.
(Odulf rechts ab.)

Johannes (nachdrücklich).
Mir bürgt dein Königswort und deine Ehre,
Daß ihm hier nichts geschieht.

Teja.
Wozu der Zweifel?
Es giebt im ganzen Reich des Kaisers nicht
Mehr Ehre als auf diesem Fels.
Wir wußten schon von Treu' und Manneswort,
Eh wir vom Norden zu den Römern kamen.

Hilderich (nach rechts hinausblickend).
Asbad!

Die Gothen (erregt durcheinander).
Der Asbad! — Asbad der Verräther!
(Asbad kommt von rechts, mit Odulf, das Gesicht enthüllt. Nicht herausfordernd, aber furchtlos tritt er vor Teja hin.)

Teja.
Du wagst es, Asbad?

Asbad.
Als des Narses Bote,
Und zu der Gothen Heil.

Mathasuntha.
Zu unserm Heil?
Verräther von Taginä? — Teja! Läßt du
Den Mann hier reden und durchbohrst ihn nicht?

Teja (sich gewaltsam beherrschend).
Still, gute Mathasuntha, still;
So darf die Gothenkönigin nicht sprechen. —
Dich schützt mein Wort.

Asbad.
Ich weiß.

Teja.
Du willst beweisen,
Daß unsre Flotte sich ergab?

Asbad
(zieht aus seinem Mantel Pergamentstreifen hervor).
Hier ist
Ein Brief des Theudis, heut an dich geschrieben:
Warum er sich ergab. Du kennst die Schrift.
Hier die Geheimschrift auch, die du ihm sandtest,
Nach der er deine Briefe las.

Teja.
           Gieb her!
(Betrachtet Beides, finster. Nickt. Dann wild lächelnd)
Sich Gottes Willen beugend, schreibt er, und
Die Unvernunft des Widerstands erkennend.
(zu Asbad) Von dir verführt! bestochen!

         Asbad (hat in die Ferne geblickt).
                                    Brauchst du noch
Ein Augenzeugniß?
           (nach vorne rechts hinausdeutend)
                  Dort! Die Flotte schwimmt
In unsern Hafen, neben Stabiä.
Du kannst die Schiffe sehn! Seht hin, ihr Gothen!
(Sie starren hin, wie betäubt. Sie sehen einander an. Allgemeine
Stille. Mathasuntha tritt zu Teja, ergreift halbverstedt seine Hand,
die sie schmerzhaft, heftig drückt; er erwidert ihren tiefen, dem Schicksal
trotzenden Blick.)

         Johannes.
Da nun der König weiß, der Grieche log nicht,
So hört er jetzt wohl auf des Narses Wort.
Du wirst nicht wollen, daß dein Volk verhungert;
Und anders bleibt euch nichts. Ihr seid fortan
Auf diesem Berg gefangen. Ruhig können
Wir, die gewalt'ge Uebermacht, erwarten,
Daß hier das Leben stirbt.
           (Einer der Gothen seufzt auf.)

    Teja (sieht den Mann finster an).
                                    Wer jetzt,
Vor diesen Feinden seufzt, der ist kein Gothe.
(zu Johannes) Verzieh 'ne Weile noch, wenn dir's gefällt;
Bis ich mit meinen Obersten gesprochen.
's ist bald geschehn.
(Johannes stimmt zu. Teja tritt nach links, winkt Odulf, Hilderich
         und zwei Andre heran.)
             Wo ist der Hunimund?

Amalafrida (vortretend).

Am Boden. Ihm geht's schlecht.

Hunimund

(wird, da einige Gothen bei Seite treten, weiter rückwärts sichtbar, wo er auf seinem Mantel liegt, bleich, ein schlichtes Kissen unter dem Kopf).

Ihm geht's noch gut. —
Er will, was du willst, König!
(Teja nickt ihm zu; spricht dann leise mit den vier Andern. Johannes und Asbad, vorne rechts allein, suchen während des Wartens völlig unbefangen zu erscheinen, blicken nach vorn und zu beiden Seiten hinaus.)

Johannes.

Sehr erstaunlich,
Wie nah hier der Vesuv erscheint.

Asbad.

Die Luft ist
Durchsichtiger als sonst.

Johannes.

Die Lage herrlich.
Der Platz vom König gut gewählt! Unstürmbar —
Und Augenweide noch dazu.

Asbad (geflissentlich zustimmend).

Gewiß,
Mit viel Geschick gewählt!

Teja (tritt wieder vor).

Wir sind denn einig.
Da Gott und die Verräther es so fügen,
Daß offenbar kein Reich der Gothen
In Welschland mehr bestehen soll,
So möcht' ich, die noch leben, doch erretten.
Drum bitt' ich Narses, daß er mir gewährt,
Dies Volk hier, Weib und Kind, hinwegzuführen

Und übers Meer, zu stammverwandtem Volk.
Ihm bleib' Italien; und ihm bleib' der Ruhm;
Auch der der Großmuth! Denn er kann's verweigern.
Doch spart er gerne Blut. Er stimmt wohl zu.

Johannes.

Nein, König. Das ward schon bedacht. Denn Narses
Denkt gern und weit voraus! Sein letztes Wort war:
„Abzug, falls der begehrt wird, geb' ich nicht.
So lang' die Gothen einen König haben,
Und diesen König, hören sie nicht auf,
Zu kriegen und zu hoffen; wie die Bienen
Mit ihrem Weisel schwärmen. Nur Ergebung,
Nichts andres!"

Teja.
Nichts?

Johannes.
Du hörtest.

Teja (nach kurzem Schweigen).
Ja. Ich hört's. —
So bleibt's denn, wie es ist.

Johannes (etwas betroffen).
Du meinst —?

Teja.
Ich meine nichts.
Ihr geht, wir bleiben! — Mich verwundert nur —
Dies noch zum Abschied — daß du den da mit
Heraufgebracht. Du sprichst ja selber gut.
Konnt'st auch des Theudis Brief im Mantel tragen
So gut wie er. Warum erspartest du
Uns nicht den Anblick dieses Erzverräthers?

Johannes.
Sprich, Asbad.

Asbad.

Narses war's, der mir gebot,
Zu meinem Volk ein nützlich Wort zu sprechen.
Ihr gothischen Männer! Thut's dem Theudis nach,
Vergießt nicht unnütz euer Blut! Ihr findet
Beim Narses Vatersinn und —

Teja.
Schweig!

Asbad.
Wo bist du,
Eutharich?
(Eutharich hat sich vor den letzten Reden in der Menge versteckt.)
Eutharich! Tritt her! Zeig' ihnen
Den Weg zum Narses, und zu Brot und Wein.
Führ' sie! Voran!

Teja.
Bei Gott dem Donn'rer, schweig!
Sag noch ein Wort, so hetz' ich meine Hunde,
Dich zu zerreißen. Nur zum König hatt'st du
Zu reden; das ist aus. Hinunter! Beide!
Ich weiß nun, was ihr wollt!

Johannes.
Wenn du —

Teja.
Ich hör' nichts mehr. Ihr Judasbrüder,
Asbad und Theudis! Jedes Gothenkind,
Das je geboren wird, wird euch verachten.
Kriecht vor dem Narses! Wedelt! Leckt den Staub!
Wir werden selig in der Freiheit sterben!

Odulf.
Mit unserm König!
(Zurufe der Gothen; sie rasseln mit den Waffen, schlagen die Schilde
mit den Schwertern.)

Teja.
Fort! (zu Odulf) Geleite sie. (Johannes und Asbad mit Odulf und dem Trompeter rechts ab.) Wo ist Eutharich? (Eutharich tritt hervor; unter Teja's Blick beginnt er zu zittern.) Warum rief er dich? und als gehörtest du zu ihm? Bist du auch ein Judas?

Eutharich.
Bei Gott dem Ewigen, nein!

Teja.
Warum zitterst du?

Eutharich.
Weil ich schuldig bin und doch nicht. (Sinkt auf die Kniee.) Mein König! Mein König! Stoß mich nicht unter die Verräther! Laß mich mit dir sterben!

Teja.
Steh auf; ich mag keinen Gothen knieen sehn. (Eutharich steht auf.) Was hast du mit Asbad?

Eutharich.
Weißt du, was Schuldenketten sind? In denen lag ich bei ihm. So mußt' ich seinen Willen thun. Aber ich wußt' nie, warum? Seine schwarze Seele, die kannt' ich nicht. Ich hab' nie verraten. Du hast die tiefen Augen, König, sieh mir ins Herz; dann weißt du, ich bin kein Verräther!

Teja (mit Gefühl lächelnd).
Ich seh' dir ins Herz. — So verschuldet? Du? (Eutharich nickt, seufzt.) Sei ruhig; wir zahlen nur noch eine Schuld: unsre Todesschuld. (in seine Gedanken versinkend) Aber wie, Eutharich? Was meinst du? Hier verhungern — die Tausende?

Eutharich.
Nein, nein, nein!

Teja (flüchtig lächelnd).
Eutharich! Verdursten?

Eutharich.
O Gott!

Teja.
Und freien Abzug geben sie nicht. (vor sich hin) „So lang' die Gothen einen König haben" ... (ganz für sich) Gut, daß er nicht unsterblich ist. (Blickt auf, sieht Mathasuntha, die ihn tief forschend anschaut. Vom Abschiedsschmerz ergriffen, ihn unterdrückend) Mathasuntha!

Mathasuntha (errathend, was in ihm vorgeht).
Teja!

Teja.
Freunde! Volksgenossen! Sterben, ohne um sein Leben zu kämpfen, thut der Gothe nicht. Nun gilt's also den beschworenen, den letzten Kampf. Wer zuvor rasten will, bleib' noch hier; ich hab' keine Ruh mehr, ich muß jetzt hinunter! Griechenspeere mit meinem Schild zu fangen —

Eutharich.
O König! Laß mich neben dir — — Ich bin treu, bei Gott!

Teja (legt ihm eine Hand auf die Schulter).
Ja, du sollst an meiner Seite kämpfen. (nach hinten deutend) Und die Knaben da singen derweil deinen Schlacht=gesang! (Tritt zu Mathasuntha, steht mit ihr vorn allein. Leise) Mathasuntha! Wir singen mit dem Abend an. Jeder Abend endet.

Mathasuntha (leise).
Ich hab's ja gewußt wie du.

Teja.
Hab von Herzen Dank! — Wie die Abenddämmerung, weißt du, oft die schönste Stunde des Tages ist — wenn

alle Farben des glühenden Lichts in ihrer sonderbarsten Herrlichkeit entflammen — so war unser Abendbund mein schönstes Glück! Hab' nie gedacht, daß dem Menschen so viel —

Mathasuntha.

Hab' denn ich's gedacht?

Teja.

Gieb mir die Hand zum Abschied, diese beste Hand. Und dann auch den Mund noch; den redlichsten, wahrsten Mund. Dann sagen wir uns geschwind Lebwohl! — Die Thräne da küss' ich weg. — Ich komm' nicht wieder.

Mathasuntha.

Ich weiß. Ich hab' in dein Herz geschaut.

Teja.

Und hältst doch so still.

Mathasuntha.

Weiß ich nicht deinen Weg? Ich folg' dir.

Teja.

Wohin?

Mathasuntha (hinaufblickend).

Wohin er uns senden will nach diesem Leben — ob Paradies, oder neue Welt der Schmerzen — Teja! ich komm' dir nach!

Teja.

Also Wiedersehn. (Küßt sie rasch, reißt sich los. Die Krieger haben sich unterdessen geordnet, zum Theil neu gerüstet, Odulf ist zurückgekommen; Einige, todtmatt, haben sich hingestreckt. Die Knaben, schon seit langer Zeit aufrecht und erregten Antheil nehmend, haben sich im Hintergrund ohne Ordnung aufgestellt. Amalafrida sitzt bei den Verwundeten, neben dem unruhig sich regenden, auch seufzenden Hunimund. Teja tritt unter die Krieger; ein Waffenträger reicht ihm einen neuen Schild.) Sie sollen sich wundern da unten, wie wir diesen Abend fechten werden; wie jener Held in

den alten Sagen, dessen Rumpf noch um sich hieb, als das
Haupt schon gefallen war! — Unsre Schutzgeister nehmen
Abschied, Gothen. Der Weltenvater, der Heervater winkt
den Andern zu! Aber das ist doch nicht übel, wenn feste
Männer beisammen stehn, als geh' sie Himmel und Erde
nichts an, und ihren eigenen Willen haben, wie Wodan
und Donar, unsre alten Götter. Donar! Wodan! Euch
ruf' ich an! Wo ihr auch dahinfahren mögt auf der wilden
Jagd — rast euren Gothen zu, die lieber sterben wollen
als gehorchen, fahrt in unsre Schwerter, jauchzt in unsern
Herzen, donnert über dem Feind! — Was kann uns ge=
schehn? Nichts als ein herrlicher Tod. Und wenn wir
jetzt fallen, so werden einst Brüder uns rächen. Und wenn
die Gothen vergehn — die Germanen, die Männer
auf Erden, werden nicht vergehn! — Eurem König nach!
(Winkt der Mathasuntha mit dem Speer zum Abschied, stürmt rechts
hinaus; Odulf, Eutharich, Hilderich und die Mehrzahl der Gothen
ihm nach.)

    Hunimund (sich halb aufrichtend, grimmig).
 Und ich kann nicht! So todesmatt! (Trompeten draußen
rechts, nah, dann auch ferner. Schlachtgeschrei.) Singt, Knaben,
singt! Eutharichs Gesang!

  Die Knaben (am Anfang die Hände hebend, singen).
   Du Wolkendonn'rer,
   Du Weltenvater!
   Der du Männer schufst
   Und der Mordschlacht Noth!
   Es rufen die Gothen
   Ihren Gott und König:
   Laß die Schlachtkühnen
   Heut nicht schlechter kämpfen;
   Gieb ihnen Heil, Heil,
   Oder Heldenende;
   Gieb uns Freiheit! Freiheit!
   Oder frühen Tod!
(Längere Musik der schmetternden Trompeten, mit kurzen, wilden
Hörnerrufen dazwischen, wie bei gewaltigem Angriff. Die Knaben
   sind unwillkürlich verstummt.)

Hunimund.
Und nicht mit ihnen sterben können. (Deutet mit dem erhobenen Arm gen Himmel, in beginnendem Irrereden.) Wodan und Donar reiten durch die Luft; Walhall öffnet sich. König Teja, hinein! hinein! — Singt euren Sang zu Ende, sag' ich!

Die Knaben.
Denn ehe die Gothen
Vor des Griechen Goldthron
Auf die Kniee stürzen,
Ist doch Sterben besser.
Knecht sein ist siech sein,
Sterben ist genesen.
Gieb uns Freiheit! Freiheit!
Oder frühen Tod!

(Mathasuntha hat für sich allein gesessen, ohne sich zu regen, die Augen fest nach rechts gerichtet. Jetzt richtet sie sich auf, langsam, immer noch wie erstarrt; blickt zu Amalasrida zurück und deutet hinaus.)

Amalasrida.
Was kommt dort?

Mathasuntha (mit gedämpfter Stimme).
Mein Todter.

Amalasrida (steht hastig auf).
Der König? — Nein, nein!

Mathasuntha.
Kenn' ich ihn denn nicht mehr?
(Odulf, Hilderich und noch zwei Gothen bringen den todten Teja getragen; einige Verwundete folgen.)

Odulf (mühsam).
O Königin —!

Mathasuntha.
Ich weiß. Ich seh's. — Laßt ihn nieder, bitt' ich.

Amalafrida (aufschluchzend).
Der König todt!

Mathasuntha.
Still, still! — So still wie er.

Hilderich
(indem sie ihn niederlassen).

Es kam so rasch wie ein Wetterstrahl. Eutharich fiel zuerst; der König stand, all ihre Speere im Schild. Da, als er einen neuen nimmt —

Odulf.
In dem Augenblick! Ein Todesspeer! — Er stürzte hin. Wir nahmen und trugen ihn. Nur wenige Worte noch . . . „Schickt zum Narses", sagt' er. „Nun, da der König todt ist, läßt er euch wohl ziehn!" — Und einen Gruß an dich.

Mathasuntha
(nickt stumm. Blickt fest auf den liegenden Teja, hinter dem sie kniet; flüstert auf ihn nieder. Dann auf- und umherblickend).

Lebt wohl! (Stößt sich ihren Dolch ins Herz.) Teja! (mit voller, lauter Stimme) Teja! (Bricht über ihm zusammen, stirbt.)

(Der Vorhang fällt.)